何兰生 ◎ 主编

君自故乡来

紫荆文化集团有限公司
大同出版传媒有限公司

图书在版编目（CIP）数据

君自故乡来/何兰生主编 . -- 深圳：大同出版传
媒有限公司, 2025. -- ISBN 978-7-5233-0101-2

Ⅰ . I267

中国国家版本馆 CIP 数据核字第 2025G4W563 号

君自故乡来

JUN ZI GUXIANG LAI

出　版　人：应中伟
责任编辑：邓保群　周静娟
插　画　师：夏磊超（画夫）
装帧设计：创研设
营销编辑：李珍妮
推广支持：蔡浩杰
出　　　版：大同出版传媒有限公司
网　　　址：http://www.grandunity.com.cn
E－m a i l：datongchuban2022@163.com
发　　　行：大同出版传媒有限公司
地　　　址：深圳市南山区卓越前海壹号 T1 座（邮编：518101）
联系电话：0755-61368295
印　　　刷：深圳市福圣印刷有限公司
开　　　本：880mm×1230mm　1/32
印　　　张：8.75
字　　　数：189 千字
版　　　次：2025 年 3 月第 1 版
印　　　次：2025 年 3 月第 1 次印刷
定　　　价：68.00 元

编委会

每一篇文章，都是对故土最深情的凝视。
每一次翻阅，都成为一次心灵的归乡之旅。

目 录

027
写梦，听风，
看懂一棵树
刘亮程

001
延津与延津
刘震云

015
站在这里，
北京很偏远，上海很偏远
贾平凹

043

记得"贤良方正"

刘醒龙

057

精神原乡的返程

乔叶

071

到县城去

孙郁

083

小漳河通向大海

刘建东

097

北大荒的前世今生

阿成

111

土地、河流赋予我文学意象

关仁山

125

捉流水

葛水平

139

水边的修辞

陆春祥

153

坝上草原

胡学文

165

草原代代相传

索南才让

177

我的赣江以西

江子

203

时间的重量

鲁敏

189

千字文里的故乡

任林举

217

精神的底色

李云雷

229

梁庄归去来

梁鸿

255

亲爱的芳村

付秀莹

243

永远也无法完成的赎还

袁凌

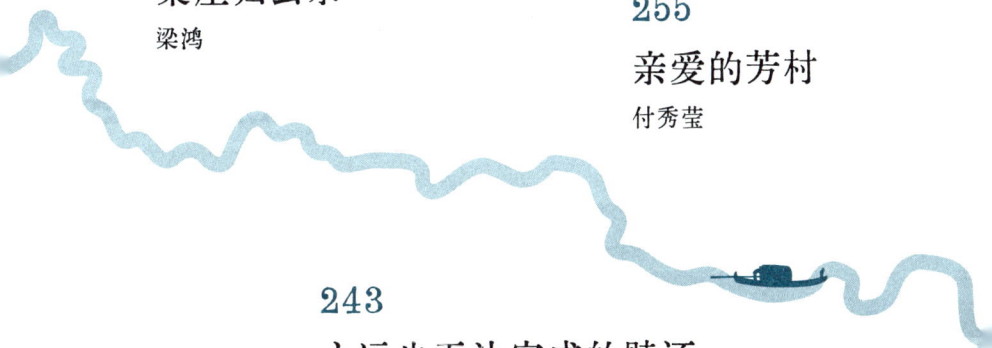

延津与延津

延津就是世界，世界就是延津。

刘震云

河南延津是我的家乡。

延津濒临黄河，"津"是渡口。因水运便利，三国时，曹操曾"屯粮延津"。官渡大战，更早的牧野大战，就发生在延津附近。但黄河不断滚动翻身，两千多年过去，延津距离黄河，已有三十多公里，成了黄河故道。作为渡口，已是两千多年前的事了。

《诗经》也产生在延津附近。其中的邶风、鄘风和卫风，在周朝，皆是我乡亲口头传唱的民谣。台湾有个学者叫李辰冬，他经过二十年的艰苦考证，又说311篇《诗经》，不是口头民谣，而有一位文字作者，这位诗人叫尹吉甫，是延津人。我提尹先生，并无攀附之意，我们家，自我妈往前辈数，都不识字。

我从小生活在延津县王楼乡西老庄村。黄河故道盛出两种特产：一，黄沙；二，盐碱；我们村得到的遗产是盐碱。春夏秋冬，田野上白花花一片，不长庄稼。据说，我外祖父他爹，是西老庄村的开创者。他率领家族，在这里落脚，看中的就是盐碱。一家人整日到地里刮盐土碱土，然后熬盐熬碱，然后推着独轮车五里八乡吆喝："西老庄的盐来了""西老庄的碱来了"。新起的村庄，就着"老庄"的村名，显得出售的盐碱有历史传承。得承认，这是一种智慧。

我们村距开封四十多公里。放到宋朝，就是首都郊区。那时的宋徽宗和李师师，口音都跟我们村差不多，说的都是普通话。我母亲年轻的时候，曾到开封学过汴绣；这趟旅行，成了她多少年聊天的经典话题。"我当年在开封学汴绣的时候，曾去状元桥吃过灌汤包；元宵节那天，还去马市街看过灯市。灯市你懂不懂？那阵势……"我不懂。后来读了孟老元的《东京梦华录》，懂了。

当我阴差阳错成为一个作者，"延津"作为一个地名，频繁出现在我的作品里。为什么呀？是不是跟福克纳一样，要把延津画成一张邮票呀？这是记者问我的经典话题。我的回答是，我不画邮票，就是图个方便。作品中的人物，总要生活在一个地方；作品中的故事，总要有一个发生地；如果让这人的故事，发生在延津，我熟悉的延津胡辣汤，羊汤，羊肉烩面，火烧……都能顺手拈来，不为这人吃什么发愁；还有这人的面容，皱褶里的尘土，他的笑声和哭声，他的话术和心事，我都熟悉，描述起来，不用另费脑筋。正如有人问，你好多部作品的名字，都是"一"字开头，如《一地鸡毛》《一腔废话》《一九四二》《一句顶一万句》《一日三秋》，是不是有意为之呀？我的回答是，有意为之是件痛苦的事，给每部作品起名字的时候，我真没想这么多；但走着走着，抬头一看，它们像天上的大雁一样，竟自动排成了行。我这么说，估计人家也不信。不信就不信吧，一个作品名字，不是什么经天纬地的大事。

我书中的延津，跟现实的延津，有重叠的地方，也有不一样的地方；因为都叫延津，容易引起混淆。现实的延津不挨黄河，县境之内，没有自发的河流；总体说，延津跟祖国的北方一样，是个缺水的地方。但《一句顶一万句》中，却有一条汹涌奔腾的

津河，从延津县城穿过。元宵节闹社火的时候，津河两岸锣鼓喧天，人山人海；第二天早上，沿河两岸，剩下一地鞭炮的碎屑和众人挤丢的鞋。一些读过《一句顶一万句》的朋友去了延津，从南到北，从东到西，在县城走了一遍，问：河呢？塔铺是延津的一个乡，我写《塔铺》的时候，以"我"为主人公；在高考复习班上，"我"与一位清秀的女孩李爱莲，发生了纯洁的爱情。一些朋友去了塔铺，四处打听：李爱莲的家在哪条街？《一日三秋》的开篇，从六叔和六叔的画写起。六叔画的，全是延津和延津五行八作的人；六叔死后，这些画作被六婶当烧纸烧了；为了忘却的纪念，为了重现六叔画中的延津，我写了《一日三秋》这本书——这是书中的话。一些朋友读了这本书，常问的问题是：延津真有六叔这个人吗？现在，我用六叔的画作，统一回答这些问题。

"六叔主要是画延津。但跟眼前的延津不一样。延津不在黄河边，他画中的延津县城，面临黄河，黄河水波浪滔天；岸边有一渡口。延津是平原，境内无山，他画出的延津县城，背靠巍峨的大山，山后边还是山；山顶上，还有常年不化的积雪。有一年端午节，见他画中，月光之下，一个俊美的少女笑得前仰后合，身边是一棵柿子树，树上挂满了灯笼一样的红柿子，我便问，这人是谁？六叔说，一个误入延津的仙女。我问，她在笑啥？六叔说，去人梦里听笑话，给乐的。又说，谁让咱延津人爱说笑话呢？"

不知我用六叔的画，说明白这些混淆没有。没说明白也不要紧，文学混淆了一些现实，也不是什么经天纬地的大事。

我的意思是，什么叫文学？生活停止的地方，文学出现了。

其实，如果我只是以延津为背景，写了一些延津人发生在延津的一些事，只能算写了一些乡土小说。乡土小说当然很好，但不是我写小说和延津的目的；欲写延津，须有延津之外的因素注入，也就是介入者的出现。是谁来到了延津，激活了五行八作和形形色色的延津因素和因子，诸多因素和因子发生了量子纠缠，才是重要的。这是一个艺术结构问题。在《一句顶一万句》中，有一个介入者叫老詹。有老詹和没有老詹，《一句顶一万句》的格局是不一样的，呈现的延津也是不一样的。老詹是意大利一个传教士，不远万里来到延津。老詹的本名叫詹姆斯·希门尼斯·歇尔·本斯普马基，延津人叫起来嫌麻烦，就取头一个字，喊他"老詹"。老詹来延津的时候，不会说中国话，转眼四十多年过去，会说中国话，会说河南话，会说延津话；老詹来延津的时候，眼睛是蓝的，在延津黄河水喝多了，眼睛就变黄了；老詹来延津的时候，鼻子是高的，在延津羊肉烩面吃多了，鼻子也变成一个面团。四十多年过去，老詹已是七十多的人了，背着手在街上走，从身后看过去，步伐走势，和延津一个卖葱的老汉没有任何区别。老詹在延津待了四十多年，只发展了八个徒弟。老詹在黄河边遇到杀猪匠老曾，劝老曾信主。老曾按中国人的习惯，问："信主有什么好处？""信了主，你就知道你是谁，从哪儿来，到哪儿去。""我本来就知道呀，我是一杀猪的，从曾家庄来，到各村去杀猪。""你说的也对。"老詹想想又说，"咱不说杀猪，只说，你心里有没有忧愁？""那倒是，凡人都有忧愁。""有忧愁不找主，你找谁呢？""主能帮我做甚哩？""主马上让你知道，你是个罪人。""这叫啥话？面都没见过，咋知道错就在我哩？"两人不欢而散。由于延津的天主教势单力薄，延津办新学的时候，教堂被县长征作学堂，老詹从教堂里被赶了出来，住在一个被和尚废弃的破庙里；但老詹传教的心仍锲而不舍，每天晚上，都要给菩萨上炷香："菩萨，保佑我再发展一个天主教教徒吧。"在延津被传为笑谈。

老詹和延津的关系，不知我说明白没有？

《一日三秋》中，也有一个介入者叫花二娘。花二娘就是六叔画中那个仙女。老詹到延津是为了传教，花二娘到延津来，是为了到延津人梦里找笑话。你笑话说得好，把她逗笑了，她奖励你一只红柿子；你笑话没说好，她也不恼，说，背我去喝碗胡辣汤。但花二娘是一座山，谁能背得动一座山呢？刚把花二娘背起，就被这座山压死了。或者，就被笑话压死了。

一个笑话，与延津的量子纠缠。

我的意思是，如果只写延津，延津就是延津，介入者的介入，便使延津和世界发生了联系，使延津知道了世界，也使世界知道了延津，也使延津知道了延津。

除了介入者，从延津出走者，对于写延津同等重要。这是另一个艺术结构问题。在《新兵连》中，我写了一群从延津出走的乡村少年。他们在村里，到了夏天，还是睡打麦场的年龄，当他们离开延津，到达另一个世界，马上发生了困惑。刚到新兵连吃饭，猪肉炖白菜，肉瘦的不多，全是白汪汪的大肥肉片子。但和村里比，这仍然不错了，大家都把菜吃完了，惟独排长没有吃完，还剩半盘子，在那里一个馍星一个馍星往嘴里送。新战士李胜看到排长老不吃菜，便以为排长是舍不得吃，按村里的习惯，将自己舍不得吃的半盘子菜，一下倾到排长盘子里，说："排长，吃吧。"但他哪里知道，排长不吃这菜，是嫌这大肥肉片子不好吃，他见李胜把吃剩的脏菜倾到自己盘子里，气得浑身乱颤："李胜，干什么你！"接着将盘子摔到地上。稀烂的菜叶子，溅了一地。李胜急得哭了。事后"我"劝李胜，李胜说："排长急我我不恼，我只恼咱村其他人，排长急我时，他们都偷偷捂着嘴笑。"这里写的不仅是李胜的难堪，也是延津在世界面前的碰壁。同时，"他们都偷偷捂着嘴笑"，是我那个阶段的写作水平，开始知道由此及彼。由延津到世界，也是由此及彼。

在《我不是潘金莲》里，主人公李雪莲也走出了延津：她从延津走到市里，走到省里，来到北京。走来走去，只是为了纠正一句话，"我不是一个坏女人"；但她走来走去，花了二十年工夫，这句话还是没有纠正过来。一开始还有人同情她，后来她的絮叨就成了笑话，没人愿意再听她说话。当这本书出荷兰文时，我去荷兰配合当地出版社做推广工作，一次在书店与读者交流，一位荷兰女士站起来说，她看这本书，从头至尾都在笑，但当她看到李雪莲与所有人说话，所有人都不听，她只好把话说给她家里的一头牛时，这位荷兰女士哭了。接着她说，当世界上只有一头牛听李雪莲说话时，其实还有另外一头牛也在听李雪莲说话，他就是这本书的作者。

君自

这是李雪莲和世界和牛的关系。

再说一位从延津出走者，便是《一句顶一万句》中的私塾先生老汪。老汪有四个孩子，三个男孩，一个女孩。三个男孩都生性老实，惟独一个女孩灯盏调皮过人。别的孩子调皮是扒树上房，灯盏爱到东家老范家的牲口棚玩骡子马。牲口棚新添了一口淘草的大缸，一丈见圆。灯盏玩过牲口，又来玩缸，沿着缸沿支岔着手在蹦跳，一不小心，掉到缸里淹死了。那时各家孩子多，死个孩子不算什么，老汪还说："家里数她淘，烦死了，死了正好。"转眼一个月过去了。这天，老汪去家里窗台前拿书，看到窗台上有一牙月饼，还是一个月前，阴历八月十五，死去的灯盏偷吃的；月饼上，留着她小口的牙痕。当时灯盏偷吃月饼，老汪还打了她一顿。灯盏死时老汪没有伤心，现在看到这一牙月饼，不禁悲从中来，扔掉书，来到牲口棚的水缸前，开始大放悲声。一哭起来没收住，整整哭了三个时辰，把所有的伙计和东家老范都惊动了。转眼三个月过去，下雪了。这天晚上，东家老范正在屋里洗脚，老汪进来说："东家，想走。"老范吃了一惊，忙将洗了一半的脚从盆里拔出来："要走？啥不合适？""啥都合适，就是我不合适，想灯盏。""算了，都过去小半年了。""东家，我也想算了，可心不由人呀。娃在时我也烦她，打她，现在她不在了，天天想她，光想见她。白天见不着，夜里天天梦她。梦里娃不淘了，站在床前，老说：'爹，天冷了，我给你掖掖被窝。'""老汪，再忍忍。""我也想忍，可不行啊东家，心里像火燎一样，再忍就疯了。""再到牲口棚哭一场。""我偷偷试过了，哭不出来，三个月了，我老想死。"老范吃了一惊，不再拦老汪：

"走也行啊，可你到哪儿，也找不到娃呀。""不为找娃，走到哪儿不想娃，就在哪儿落脚。"老汪带着妻小，离开延津，一路往西走。走走停停，到了一个地方，感到伤心，再走。三个月后，出了河南界，到了陕西宝鸡，突然心情开朗，不伤心了，便在宝鸡落下脚。这年元宵节，宝鸡满街挂满了灯笼，万千的灯笼中，他似乎又见到了灯盏。

不知我说明白没有？

我进一步想说的是，地域性写作，和走出地域的写作，不仅有外来介入者、从地域出走者的区别，更重要的是，背后还有作者世界观和方法论的分野。鲁迅与其他乡土作家的区别是，乡土作家写一个村庄，是从这个村庄看世界；鲁迅写一个村庄，是从世界看这个村庄，于是有了《阿Q正传》《祝福》《孔乙己》等作品。

我曾经说过，文学的底色是哲学。

接着我想说说幽默。目前我的作品被翻译成二十多种文字，文字到达之处，读过我书的人，都说我很幽默。其实这是一种误会，因为他们没到延津来过；到了延津他们就知道，我是延津最不幽默的人，我的乡亲，个个比我会说笑。这也是花二娘到延津来找笑话的原因。延津人日常见面，不以正经话应对，皆以玩笑招呼。张三到李四家去，李四家正在吃饭，李四邀请张三坐下吃饭，说的决不是"请坐，一块吃点吧。"而是："又是吃过来的？又是不抽烟？又是不喝酒？"如果是外地人，便不知如何应对，场面会很尴尬；延津人会这么回应："吃过昨天的了，不抽差烟，不喝假酒。"坐下一块吃喝起来。两个延津人，在一起讨论非常严肃的话题，如张三与李四谈一单生意，或李四想找张三借钱，也是以玩笑的方式进行讨论；谈笑间，已安邦定国；或者，谈笑间，樯橹灰飞烟灭。

延津人为什么这么幽默？这也是一些记者问我的经典话题。当然，幽默的源头不该从幽默本身找；如果幽默只是幽默，就成了耍嘴皮子；幽默的背后，可能有更重要的现实和历史原因；结论可能是：喜剧的底色会是悲剧，悲剧的底色会是喜剧；或者，悲剧再往前走两步会是喜剧，喜剧再往前走两步会是悲剧；幽默再往前走两步可能就是严肃，严肃再往前走两步可能就是幽默。《一日三秋》中不会说笑话的人，在梦中被花二娘压死了，等于被笑话压死了，也等于被他的严肃压死了。一九四二年，因为一场旱灾，我的家乡河南被饿死三百万人。三百万人是什么概念？第二次世界大战中，在奥斯维辛集中营，被纳粹和希特勒迫害致死的犹太人，约一百一十万人；等于一九四二年的河南，有三个奥斯维辛集中营，缺少的是纳粹和希特勒。这些被饿死的河南人，是如何对待自己的生死呢？逃荒路上，老张要饿死了，他临死前没有愤怒，也没有追问：我是一个纳税人，为什么要把我饿死，国民政府为什么没有起到赈灾的责任？而是给世界留下了最后一次幽默，他想起了他的好朋友老李，老李三天前就饿死了，他说："我比老李多活三天，我值了。"老张为什么能用幽默的态度对待生死？那是因为从商朝到一九四二年，黄河两岸发生的饿死人的事太多了。我写《温故一九四二》的时候，曾采访我的外祖母："姥娘，咱们谈一谈一九四二年。""一九四二年是哪一年？""就是饿死人的那一年。""饿死人的年头多得很，你到底说的是哪一年？"当严酷成为一种日常的时候，你用严肃的态度对付严酷，严酷就会变成一块铁，你是一颗鸡蛋，撞到铁上就碎了；如果你用幽默的态度对付严酷，严酷就会变成一块冰，幽默是大海，这块冰掉到大海里就融化了。

关于幽默，不知我说明白了没有？

延津有一种地方戏，叫二夹弦，大家再去延津的时候，建议大家听一听。这个剧种管弦节奏急，唱腔语速快，从头至尾，像两个人在吵架，让人目不暇接和耳不暇接。有什么事，不能慢慢说吗？急管繁弦，难说烟景长街；但它就是这么快，不给人留半点间隙和喘息的时间；就像我们村的人吃饭，个个吃得快，生怕吃了上顿没下顿一样，大概也是历史留下的病根。急切的戏剧，你听着听着就笑了，也是一种幽默。

至今想来，延津让我第一次感到震撼，正是我离开延津的时候。我当兵那年，在新乡第一次见到火车。那时的火车还是蒸汽机。我随着几百名新兵排着队伍往前走，上到火车站的天桥上，一列绿皮火车鸣着笛进站了。在火车头喷出的蒸汽中，从火车上下来成百上千的陌生人，又上去成百上千的陌生人，这些人我一个都不认识，我不知道他们从哪里来，要到哪里去；过去我在村里，村里的人我都认识；熟悉没有让我感动过，现在为了陌生和陌生的震撼，我流泪了。排长问："小刘，你是不是想家了？"我无法解释熟悉和陌生的关系，我只好说："排长，当兵能吃白馍，我怎么能想家呢？"

从此，我离开了家乡。后来，我和我的作品，又不断回到家乡。这时的回去，和过去的离开又不一样。我想说的是，延津与

君自

延津的关系，就是我作品和延津的关系，也是世界跟延津的关系。

换句话，延津就是世界，世界就是延津。

谢谢延津，也谢谢每一个读过我作品和去过我家乡的朋友。

站在这里，北京很偏远，上海很偏远

贾平凹

我就是从这块地里冒出来的一股气，幻变着形态和色彩。

人人都说故乡好。我也这么说，而且无论在什么时候什么地方，说起商洛，我都是两眼放光。这不仅出自生命的本能，更是我文学立身的全部。

寻找商州

1980年，我的创作出现了问题，既不愿意跟着当时风行的东西走，又不知道自己该写什么，怎么去写，着实是苦闷彷徨。去了一趟古城郊外的霍去病墓，看到了汉代的一批石雕，写下了《"卧虎"说》，短短的一个文章，整理自己的思绪，然后就返回故乡。

那时我对城市还存在着一定的抵触，心里不畅了，喜欢回故乡。在故乡待了一些日子，乡下的生活唤起了我小时记忆，我醒悟到我的创作一直没根，总是随波逐流，像个流寇。别人写伤痕类的作品，我也写，而我写这类作品，体证并不深刻，别人写知青，而我又是回乡青年，我得有我的根据地呀，于是萌生了写故乡人事的想法。此后，我开始有意识地回故乡采风，其中最大的两次，是与当时还在商洛工作的朋友为伴，把商洛地区7个县主要村镇走了一遍。那两次大行动，使我特兴奋，白天走村串寨，

君自

晚上就整理笔记，饭时遇见什么吃什么，天黑哪儿能住就住哪儿。从村镇回到县城，想方设法借地方志看。以前仅知道商洛地区是秦头楚尾，是中原文化和楚文化的交汇处，经过采风，才知道这里的历史文化，时代变化，以及风土人情是那样的丰厚和有特点，它足够我写一辈子。

现在回想起来，那几次回商洛，夯实了我创作的基础。但那几次回商洛，对我的身体却造成了伤害，身上有了虱子倒无所谓，每次回到西安，一进门老婆就让脱下全部衣服用滚水去烫，而让我痛苦的是染病。疥疮是在一个乡上染的，那里才发过一次大水，天又淋雨不停，我投宿的小旅舍被褥潮得厉害，睡到半夜又穿起衣服再睡，结果染了疥疮。

我终于结束了我创作上的流寇主义，开始有了"根据地"。我大量地写商洛的故事，那时为了不对号入座，避开商洛这个字眼，采用了古时这块地方的名字：商州。于是《商州初录》以及商州系列作品就接二连三发表了。随着商州系列作品产生了影响，我才一步步自觉起来，便长期坚守两块阵地，一是商州，一是西安，从西安的角度看商州，从商州的角度看西安，以这两个角度看中国，而一直写到了现在。

在我的乡间

散文《丑石》一定程度上写的是我自己。年轻时自觉貌丑，身体又柔弱，以致成名后的一次下乡，好多人初见，顿生怀疑，

以为我是冒名顶替的骗子。有人想唾想骂想扭了胳膊交送到公安机关去。当经介绍，当然他是尴尬，我更拘束，扯谈起来，仍然是因我面红耳赤，口舌木讷，他又将对我的敬意收回去了。

娘生我的时候，上边是有一个哥哥，但出生不久就死了。阴阳先生说，我家那面土坑是不宜孩子成活的，生十个八个也会要死的。娘便在怀了我第十月的日子，借居到很远的一个地方的人家生的。于是我生下来，就"男占女位"，穿花衣服，留黄辫撮，如一根三月的蒜苗。家乡的风俗，孩子难保，要认一个干爹，第二天一早，家人抱着出门，遇张三便张三，遇李四就李四，遇鸡遇狗，鸡狗也便算作干爹。没想我的干爸竟是一位旧时的私塾先生，家里有一本《康熙字典》，知道之乎者也，能写铭旌。

我们的家庭很穷，人却旺，父辈为四，我们有十，再加七个姐妹，乱哄哄在一个补了7个铜钉的大环锅里搅勺把。1960年分家时，人口是22个。在那么个贫困年代，大家庭里，斗嘴吵架是少不了的，又都为吃。贾母享有无上权力，四个婶娘（包括我娘）形成四个母系，大凡好吃好喝的，各自霸占，抢勺夺铲，吃着碗里盯着锅里，添两桶水熬成的稀饭里煮碗黄豆，那黄豆在第一遍盛饭中就被捞得一颗不剩。这是和当时公社一样多弊病多穷困的家庭，它的崩溃是自然而然的事。

我父亲是一个教师，由小学到高中，他的一生是在由这个学校到那个学校的来回变动中度过的。世事洞明，多少有些迂，对自己，对孩子极其刻苦，对来客却倾囊招待，家里好吃好喝的几乎全让外人享用了，以致在后来我做了作家，每每作品刊登于报纸上，或某某次赴京参加某某会议，他的周围人就向他道贺，讨要请客，他必是少则一斤糖一条烟，大到摆一场酒席。家乡的酒风极盛，一次酒席可喝到十几斤几十斤水酒，结果笑骂哭闹，颠三倒四，将三个五个醉得撂倒，方说出一句话来：今日是喝够了！

这种逢年过节人皆撂倒的酒风，我是自小就反感的。我不喜欢人多，老是感到孤独，每坐于我家堂屋那高高的石条石阶上，看着远远的疙瘩寨子山顶的白云，就止不住怦怦心跳，不知道那云是什么，从哪儿来到哪儿去。一只很大的鹰在空中盘旋，这飞物是不是也同我一样，没有一个比翼的同伴呢？我常常到村口的荷花塘去，看那蓝莹莹的长有艳红尾巴的蜻蜓无声地站在荷叶上，我对这美丽的生灵充满了爱欲，喜欢它那种可人的又悄没声息的样子，用手把它捏住了，那蓝翅就一阵打闪，可怜地挣扎，我立即就放了它，同时心中有一种说不出的茫然。

这种秉性在我上学以后，愈是严重，我的学习成绩是非常好的，老师和家长却一直担心我的"生活不活跃"。我很瘦，有一张稀饭灌得很大的肚子，黑细细的脖子似乎老承负不起那颗大脑袋，我读书中的"小萝卜头"，老觉得那是我自己。后来，我爱上出走，背了背篓去山里打柴、割草、为猪采糠，每一个陌生的山岔使我害怕又使我极大满足。商州的山岔一处是一处新境，丰富和美丽令我无法形容，如何突然之间在崖壁上生出一朵山花，鲜艳夺目，我就坐下来久久看个不够。偶尔空谷里走过一位和我年龄差不多的甚至还小的女孩儿，那眼睛十分生亮，我总感觉那周身有一圈光晕，轻轻地在心里叫人家"姐姐！"盼望她能来拉我的手，抚我的头发，然后长长久久地在这里住下去，这天夜里，十有八九我又会在梦里遇见她的。

当我读完小学，告别了那墙壁上端画满许多山水、神鬼、人物的古庙教室。我以优异的成绩考上初中后，便又开始了更孤独更困顿更枯燥的生活。印象最深的是吃不饱，一下课就拿着比脑袋还大的瓷碗去排队打饭。这期间，祖母和外祖母已经去世，没有人再偏护我的过错和死拗，村里又死去了许多极熟识的人，且班里的干部子弟皆高傲，在衣着上、吃食上以及大大小小的文体之类的事情上，用一种鄙夷的目光视我。农家的孩子愿意和我同行，但爬高上低魔王一样疯狂使我并不认同，且他们因我孱弱，打篮球从不给我传球，拔河从不让我入伙，而冬天的课间休息在阳光斜照的墙根下"摇铃"取暖，我是每次少不了被作"铃胡儿"的噩运。那时候，操场的一角呆坐着一个羞怯怯的见人走来又慌乱瞧一窝蚂蚁运行的孩子，那就是我。我喜欢在河堤堰上抓一堆沙窝里的落叶燃起篝火，那烟丝丝缕缕升起来可爱，那火活活腾起来可爱。

我的眼里噙满了泪水。

我盼望着"文化革命"快些结束，盼望当教师的父亲从单位回来，盼望哪一日再能有个读书的学校，我一定会在考场上取得优异的成绩，一出考场使所有的孩子和等在考场外的孩子的父母对我有一个小小的嫉妒。然而，我的母亲这年病犯了，她患得胁子缝疼，疼起来头顶在炕上像犁地一样。一种不祥的阴影时时压在我的心上，我们弟妹泪流满面地去请医生，在铁勺里烧焦蔥麻油辣子水给母亲喝。当母亲身子已经虚弱得风能吹倒之时，我和弟弟到水田去捞水蜗牛，捞出半笼，在热水中煮了，用锥子剜出那豆大一粗白肉。我们在一个夜里关了院门，围捕一只跑到院里的野猫。当弟弟将猫肉在锅里炖好了端来吃，我竟闻也不敢闻了。到了秋天，更不幸的事情发生了，父亲，忠厚而严厉的教师，竟被诬陷为"历史反革命分子"，被开除公职，遣回家来劳动改造了。

这一打击，使我们家从此在政治上、经济上没于黑暗的深渊，我几乎要流浪天涯去讨饭。父亲被遣回的那天，我正在山上锄草，看见山下的路上有两个背枪的人带着一个人到公社大院去，我立即认出那人是父亲。生产队一起锄草的妇女把我抱住，紧张地说："是你老子，你快回去看看！"我永远记着那一张张恐惧得要死的面孔。我跑回家来，父亲已经回来了，遍体鳞伤地睡在炕上，一见我，一把揽住，嚎声哭道："我将我儿害了！我害了我儿啊！"父亲从来没有哭过，他哭起来异常怕人，我脑子里嗡嗡直响，什么也看不见，什么也听不见。

家庭的败落，使本来就孱弱的我越发孱弱。更没有了朋友，别人不到我家里，我也不敢到别人家去。那是整整两年多时间，直至父亲平反后，我觉得我是长大了，懂得世态炎凉，明晓了人情世故。我唯一的愿望是能多给家里挣些工分，搞些可吃的东西。从外回家，手里是不空过的，有一把柴禾捡起来夹在胳膊下，有一棵野菜拔下装在口袋里。我还曾经在一个草窝里捡过一颗鸡蛋，如获至宝拿回家高兴了半天。那时间能安我心的，就是那一条板的闲书了。这是我收集来的，用条板整整齐齐放在楼顶上的。劳动回来就爬上去读，要去劳动了，就抽掉去楼上的梯子。父亲瞧我这样，就要转过身去悄悄抹泪。

忘不了的，是那年冬天，我突然爱上村里一个姑娘，她长得极黑，但眉眼里面楚楚动人。我也说不清为什么就爱她，但一见到她就心情愉快，不见到她就蔫得霜杀一样。她家门口有一株桑椹树，我常常假装看桑椹，偷眼瞧她在家没有。但这爱情，几乎是单相思，我并不知道她爱我不爱，只觉得真能被她爱，那是我的幸福，我能爱别人，那我也是同样幸福。我盼望能有一天，让我来为其双亲送终，让我来负担她全家七八口人的吃喝，总之，能为她出力，即使变一只为她家捕鼠的猫、看家的狗也无上欢愉！但我不敢将这心思告诉她，因为转弯抹角她还算作是我门里的亲戚，她老老实实该叫我为"叔"，再者，家庭的阴影压迫着我，我岂能说破一句话出来？我偷偷地在心里养育这份情爱，一直到她出嫁别人了，我才停止了每晚在她家门前溜达的习惯。

　　19岁那年的4月最末一天，我离开了商山，走出了秦岭，到了西安城南的西北大学求学。这是我人生中最翻天覆地的一次突变，从此由一个农民摇身一变成城里人，城里的生活令我神往，我知道我今生要干些什么事情，必须先得到城里去。但是，等待着我的城里的生活又将是个什么样呢？人那么多的世界有我立脚的地方吗？能使我从此再不感到孤独和寂寞吗？

　　这一切皆是一个谜！但我还是走了，看着年老多病的父母送我到车站，泪水婆婆地叮咛这叮咛那，我转过头去一阵迅跑，眼泪也两颗三颗地掉了下来。

我的故乡是商洛

商洛虽然是山区，站在这里，北京很偏远，上海很偏远。虽然比较贫穷，山和水以及阳光空气却纯净充裕。

我总觉得，云是地的呼吸所形成的，人是从地缝里冒出的气。商洛在秦之头、楚之尾，秦岭上空的鸟是丹江里的鱼穿上了羽毛，丹江里的鱼是秦岭上空的鸟脱了羽毛，它们是天地间最自在的。我就是从这块地里冒出来的一股气，幻变着形态和色彩。

所以，我的人生观并不认为人到世上是来受苦的。如果是来受苦的，为什么世上的人口那么多，每一个人活着又不愿死去？人的一生是爱的圆满，起源于父母的爱，然后在世上受到太阳的光照、水的滋润、食物的供养，而同时传播和转化。这也就是之所以每个人的天性里都有音乐、绘画、文学的才情的原因。正如哲人说过，当你看到一朵花而喜爱的时候，其实这朵花更喜欢你。人世上为什么还有争斗、伤害、嫉恨、恐惧，是人来得太多、空间太少而产生的贪婪。也基于此，我们常说死亡是死者带走了一份病毒和疼痛，还活着的人应该感激他们。

我爱商洛，觉得这里的山水草木、飞禽走兽没有不可亲的。在长达数十年的岁月中，商洛人去西安见我，我从来好烟好茶好脸好心地相待，不敢一丝怠慢。商洛人让我办事，我总是满口应允，四蹄跑着尽力而为。至今，我的胃仍然是洋芋糊汤的记忆，我的口音仍然是秦岭南坡的腔调。商洛也爱我，它让我几十年都在写它，它容忍我从各个角度去写它，素材是那么丰富，胸怀是那么宽阔。凡是我有了一点成绩，商洛最先鼓掌；一旦我受到挫

君自

败，商洛总能给予慰藉。

我是商洛的一棵草木、一块石头、一只鸟、一只兔、一个萝卜、一个红薯，是商洛的品种，是商洛制造。

我在商洛生活了十九年后去的西安，上世纪八十年代我曾三次大规模地游历了各县，几乎走遍了所有的大小村镇，此后的几十年，每年仍十多次往返不断。自从去了西安，有了西安的角度，我更了解和理解了商洛，而始终站在商洛这个点上，去观察和认知着中国。这就是我人生的秘密，也就是我文学的秘密。

至今我写下千万文字，每一部作品里都有商洛的影子和痕迹。早年的《山地笔记》，后来的《商州三录》《浮躁》，再后来的《废都》《妊娠》《高老庄》《怀念狼》，以及《秦腔》《高兴》《古炉》《带灯》和《老生》，那都是文学的商洛。其中大大小小的故事，原型有的就是商洛记录，也有原型不是商洛的，但熟悉商洛的人，都能从作品里读到商洛某地的山水物产风俗、人物的神气方言。

我已经无法摆脱商洛，如同无法不呼吸一样，如同羊不能没有膻味一样。

凤楼常近日，鹤梦不离云。

我欣赏荣格的话：文学的根本是表达集体无意识。我也欣赏生生不息这四个字。如何在生活里寻找到并准确抓住集体无意识，这是我写作中最难最苦最用力的事。

而在面对了原始具象后，要把它写出来时，不能写得太熟太滑，如何求生求涩，这又是我万般警觉和小心的事。遗憾的是这两个方面我都做得不够好。

人的一生实在是太短了，干不了几件事。当我选择了写作，就退化了别的生存功能，虽不敢懈怠，但自知器格简陋、才质单薄，无法达到我向往的境界，无法完成我追求的作品。别人或许是在建造豪宅，我只是经营农家四合院。

写梦，听风，看懂一棵树

人在这样的时间里不着急。

刘亮程

一

二十多年前，我写过一本书，叫《一个人的村庄》。当时我从乡下进城，到乌鲁木齐打工，在一家报社当编辑，每个月拿着四百五十块钱的工资，奔波于城市。我记得，每天能吃一盘拌面，浑身便充满了力量。那时我刚到三十岁，还有未来，对生活充满了想象。晚上坐在宿舍的灯光下，在一个用废纸箱做的写字台上，开始写我的村庄文字。

现在回想起来，我的那些村庄文字，就是我离开家乡，在城市奔波的日子里，可能偶尔在某个黄昏，一回头看见了我的那个村庄，那个我把童年和少年扔在了那儿的小村庄。仿佛是一场梦，突然觉醒了，我开始写它。

写什么，那样一个被扔在大地的边缘角落，没有颜色，只有春夏秋冬，没有繁荣，只有一年四季的荒僻村庄，能够去写什么。那么我回过头去看我的村庄的时候，我看到的比这都多。我没有去写村庄的劳作，没有去写春种秋收，我写了我的童年，我塑造了一个叫"我"的小孩。写了一场一场的梦，这个孤独的小孩，每天晚上等所有的大人睡着之后，他悄然从大土炕上起来，找到自己的鞋子，找到院门，独自在村庄的黑暗中行走，爬到每一户人家的窗口，去听，听别人做梦。

然后写一场一场的风吹过村庄，把土墙吹旧，把村庄的事物吹远，又把远处的东西带到这个村庄。我写了一片被风吹远的树叶，多少年后又被相反的一场风吹回来，面目全非，写了一片树叶的命运。

我还写了一个闲人，不问劳作，整天扛一把铁锨在村里村外瞎转悠，看哪儿不顺眼就挖两锨。每天太阳落山之时他就独自站在村西头，向太阳行注目礼，独自向落日告别。这个闲人在村庄，在自己家那个破院子中，找到了一种存在感。

我相信我们每个人的童年都是一场没睡醒的梦。每当我回想那些小时候的往事，不清楚哪些是真实发生的，哪些是早年做过的梦，它们混淆在一起，仿佛另一种现实。

我八岁那年父亲就不在了，紧接着学校的老师也跑了，我辍学在家。临近的黄渠七队有小学，在三四公里外，我年龄小，走不了那么远的路，就说在家长两岁，能走动路了再去上学。

过了一年我就跟着大哥到七队上学，还带上了更小的弟弟。学校就一个老师，一年级和二三年级一起教，学识字和加减算数，学生书包外背着算盘，跑起来算盘珠子哗啦啦响。

七队和我们村隔着一道盐碱梁，从村里出来，上坡，翻过梁，再过一条水渠，就看见了。平常时候只听见那个村子的鸡鸣狗吠隐约传来，人的声音翻不过梁。

老师的名字已经忘了，只记得每天我们从自己村子出来，翻过盐碱梁，就看见老师站在学校房顶上，远远地看着我们，一直看到我们走近，才从房顶下来。放学后他又站在房顶上，看我们走过荒滩。我们在盐碱梁上总要回头看看站在房顶的老师。过了梁，就看不见了。

一天早晨，我们翻过梁，没有看见房顶上的老师，只有孤零零的教室，半截子淹没在荒草中。到了教室才知道，老师昨天下午从房顶掉下来把头摔坏，当不成老师了。

多少年后，我还经常梦见自己在那个荒野中的房子里上课。一个人坐在昏暗中，其他孩子都放学走了，我留在那里，好像作业没写完，好多字不认识，数学不会算，心里着急，又担心回去晚了路上遇见鬼。那个我只上过不到一年的荒凉学校，在梦中把我留置了几十年。

后来我初中毕业考上农机校，再后来在乡农技站当农机管理员。这份差事相当于大半个农民。虽然不用下地干活，一年到头大部分时间也还是在田地里转。

其实经历本身并不重要，我们那一村庄人，和我经历了大致一样的生活。他们都没去写作，到现在种地的还在种地，放羊的还在放羊，只有我中断了这种生活，跑到了别处，远远地回望这个村子，我更加清楚地看见了它们：尘土飞扬中走来走去，最后又回到自己家里的人、牲畜；青了黄，黄了又青的田野、树；被一件事情从头到尾消磨掉的人的一生、许多事物的一生；在他们中间一身尘土，漫不经心又似一心一意干着一件事情的我自己。这些永远的生活在我的文字中延续下去，似梦似醒。

二

我的家族是在六十年代从甘肃酒泉逃荒到新疆的。父亲带着我们先到乌鲁木齐落脚，打了一个冬天的工，感觉这个城市还是粮食不够吃，又跑到县城，沙湾县城，感觉还是不行，就再往下跑，最后跑到沙漠边的一个小村庄里，终于吃到大米了。那个村庄因为地多，在玛纳斯河边上，水也充足，粮食自然就富足了，我们家分到粮食了，我父亲就认为这是个好地方。多年以后我们长大了才发现，我父亲跑过头了，跑得太远了。当初我们要在乌鲁木齐待下来，我们就是城市人了，在县城待下来也是城市人，但是他偏偏就穿过县城，然后穿过乡镇，来到最边远的一个村子里面，前面是茫茫无际的沙漠。

当然，在那样一种环境中，干燥的空气，漫长的西北风，遥远的地平线，无边无际的戈壁滩沙漠和一样辽阔的绿洲田野，人会自然而然感觉到一种更为巨大的存在，你会感到在那样的环境中人小如尘土，随便都可以飘落到哪里去，但人的心灵空间又是如此之大，人可以感知到这样的大。

当我告诉你，我能看懂一棵树的时候，你可能不相信。我看到路边的一棵树，跟它对视的时候，我就觉得我能看懂它。我能知道它为什么长成这样，我能知道树的某一根枝条为什么在这里发生了弯曲，它的树干为什么朝这边斜了。我知道一棵树在什么样的生活中成了这样。而且我也能看到树在看我。这是一种交流，有时候看到树的某个地方突然弯了一下，你会感动，就像看到一个人受了挫折一样。

我还有着悠长的听觉。早年在新疆乡村，村与村之间是荒野戈壁，虽然相距很远，仍然能听见另一个村庄的声音，尤其刮风时，能听见风声带来的更遥远处的声音，风声拉长了我对声音的

君自

想象。那时候空气透明，地平线清晰，大地上还没有过多的嘈杂声，我在一个小村庄里听见由风声、驴叫和人语连接起来的广阔世界。声音成了我和遥远世界的唯一联系。夜里听一场大风刮过村庄，仿佛整个世界在呼呼啸啸地经过自己。那个我早年听见的声音世界，后来成了我文学中很重要的背景。

我小时候胆小，就觉得那个村庄也胆小。那一村庄的人住在沙漠边，独自承受天高地远，独自埋入黑夜又自己醒来。那种孤独和恐惧感，那种与草木、牲畜、尘土、白天黑夜、生老病死经年的厮守，使我相信并感知到了身边万物的灵和情绪。我从自己孤独的目光中，看到它们看我的目光。就像我和屋前的一棵榆树一起长到三十岁，它长高长粗，我长大。这么长久的相伴，你真会把那棵树当木头吗？我不会。我觉得我能看懂一棵树的生长和命运。我能看见一群蚂蚁忙忙碌碌的穷苦日子。这不是文学的拟人和比喻。在我写村庄的所有文字中，有一棵树的感受，有一棵草的疼痛死亡，有一只老狗晚年恋世的目光。它们，使我对这个世界有了更为复杂难言的情感和认识。

在这样的环境当中，你还能感受到时间的轮回。人在时间中的衰老和年轻，希望和失望，痛苦和快乐，人在时光中的无边流浪。我在《一个人的村庄》里写过一根木头在时光中开裂，一根木头经过几十年的岁月在某个墙角慢慢地腐朽掉。在这个过程中时间成为一个关注的焦点。伴随时间的这些人和事物，成了配角，时光里的随波逐流者。

我们经历的是人类的一个变革时期，但我关注的是乡村事物中一成不变的东西。我们心灵的那个轴心部分，它一动不动地停在那里，跟我们祖先的心灵保持着某种一致性。它构成了永恒，它让我们人在经历多少磨难之后，在经历许多不可抗拒的天灾和人祸之后，仍然能够保持人的原貌，仍然能够恢复人的尊严，仍然能够去过一种正常的、平常的、地久天长的生活，就是这一点点心灵在起作用。

我开始写作的时候，吸引我的也是这样一些重大永恒的事物：每个春天都泛绿的田野，届时到来还像去年前年那样欢鸣的小虫子，还有风、花朵、果实、大片大片的阳光……每年我们都在村里等到它们。父亲死去的那年春天我们一样等来了草绿和虫鸣。母亲带着她未成年的五个孩子苦度贫寒的那些年，我们更多地接受了自然的温馨和给予。你知道在严寒里柴火烧光的一户人家是怎样贪恋着照进窗口的一缕冬日阳光，又是怎样等一个救星一样等待春天来临。

有人问我没有上过大学，没有受过高等教育是否遗憾。我认为对一个写作者来说，最高等的教育是生存本身对他的教育。你在大学念书那几年我在乡下放牛，我一样在学习。只不过你们跟着教授导师学，我跟着一群牲口学。你们所有的人学一种课本，我一个人学一种课本。你们毕业了，我也学会了一些东西，只是没有人给我发毕业证而已。

除了书本，我们越来越不懂得向生存本身、向自然万物学习了。接近自然变成了一件困难的事。人类的书籍已经泛滥到比自然界的树叶还要多。真实的生存大地被知识层层掩盖，一代人从另一代人的书本文化上认知和感知生存。活生生的真实生活被淹没了。

君自

比如一棵草，我们通过书本知道它属于什么科，是一年生还是两年生，它的种子怎么传播，它的花期生长期等等。我们通过这些知识就可以认识一棵草。但恰好是这部分知识，使我们见到真草的时候不认识它。草是有生命的。当你放下知识，放下通过知识描述的这棵草，用你的眼睛去看这棵草，用你的耳朵去听这棵草的时候，你感受到的是一个完全超越知识层面的生命。如果我们仅限于知识告诉我们的这棵草，那我们跟这棵草其实已经错过了。

<h1 style="text-align:center">三</h1>

有人说我的作品呈现了一种"乡村哲学"，其实是一种"慢哲学"。天地之间，季节是一条走不错的路。按春夏秋冬过日子，于日出日落间作息，在这种悠长的慢生活中活出来的哲学。

现在城市人把慢当成时尚，其实我们的祖先老早就过着这样的慢生活，因为农业社会没办法快。陪伴我们的所有东西都是慢的，首先要在长夜中等待日出，然后日出而作，又在劳累中等待日落而息。在这期间，作物的生长是慢的，要等待种子发芽、开花结果，哪一步都快不了。在慢事物中慢慢煎熬、慢慢等待，熬出来一种情怀、一种味道、一种生活方式、一种道德观念，这就是乡村文化、乡村哲学。

人在这样的时间里不着急。春种秋收，土地翻来覆去，大地青了又黄，日头落下升起，日复一日，年复一年。复是往复，亦是重复。人懂得了这个复，便会在时令前处变不惊。时光一再地以同一张面孔来，同一张面孔去，漫长又短促，沉淀到人心里，形成一种过日子和处事的态度与方式，许多秩序就建立起来了。

我个人也习惯生活在农耕时间里。一个大块的时间，比如只有白天黑夜，或者只有上午下午，一日三餐，日出日落。时间一旦被分成碎小的小时、刻、分、秒，自然就快了。农耕时间没有被切碎，在这种大时间里人活得比较从容。

与城市相比，乡村生活是闭塞的，它让人无法接触到更多的新鲜事物，却因此可以让人专注而久长地认识一种事物。

与乡村相比，城市生活不易被心灵收藏。一件事物进入心灵需要足够长的时间，城市永远产生新东西，不断出现，不断消失。一些东西还没来得及留意它便永远消失了。在中国，许多年轻的城市是在一片苞谷地或水稻田上建起来的。掀开那些水泥块，一铁锹挖下去，就会挖出不远年代里最后一茬作物的禾秆与根须，而不是另一块更古老的水泥或砖块。

当然你在乡村还会看到更多。你看那些乡村土路，大都是弯曲的，不像现在的高速公路这样笔直。

那些弯弯曲曲的乡土路，总是在绕过一些东西，又绕过一些东西，不像高速公路，横冲直撞，无所顾忌。乡村土路的弯曲本身蕴含着人走路的一种谨慎和敬畏。它绕过一棵树、一片菜地、一堵土墙、一堆坟、一湾水坑的时候，路被延长。它不强行通过，不去践踏，尽量地绕，绕来绕去，最后把自己的路绕得弯弯曲曲，但是在它的弯曲中，保留下土地上许多珍贵的东西。

中国人讲究顺，顺应天地，包含了天地万物。我们干什么事

君自

不能只考虑人自己顺，要身边万物都顺了，生存其间的人才会顺。但是你也能看到有些东西没有延续下来。

有一次我去喀纳斯景区，一个山庄老板告诉我说他那里有一根奇异的大木头，让我看一看。一进山庄，果然立着一根非常高大的木头，头朝下栽在土里，根须朝天张牙舞爪，我看了非常生气，对他说你怎么可以把这么大的一棵树头朝下栽着呢？老板说，是棵死树。我说，死树也是树，它有生长规律，它的生长是头朝上，像我们人一样，你不能因一棵树死了，就把它头朝下栽在地上。假如你死了，别人把你头朝下埋到土里，你肯定也不愿意，你的家人也不愿意。

这个老板显然不懂得该怎样对待一根木头。谁又懂得这些呢？我们现在做什么事都普遍缺少讲究，我们只知道用木头，用它做建筑，做家具，但不知道该怎样尊重地用一根木头，我们不讲究这些了。但我们的前辈讲究这些，我们乡村古老文化的特征就是对什么都有讲究。有讲究才有文化，没讲究的人没文化。看看老家的老宅子，从一砖一瓦，到怎样用木料，都有讲究。我们的祖先把传统文化系统建筑到房子里，人住在里面。

我有很多对人生、天地的思考写在了《一个人的村庄》里。比如人踩起的尘土落在牲口身上，牲口踩起的尘土也落在人身上。还设想过荒野上有一株叫刘亮程的草，有一天躺在草坪上然后被虫子给咬了，设想自己是不是一只大一点的虫子，而大一点的生物有没有想着把自己从身上拂去或者拍死。这是我所有文字中贯穿始终的人与万物同在的主题。当你站在人的角度，以人的眼光和观念去看这个世界的时候，它仅仅是一个人的眼界。但是作为人，有能力站在苍蝇的角度去想想这个世界，我们也有这种能力去站在一棵草的角度去感受这个秋天。假如这个世界上仅仅只有人的眼光，只有人对世界的看法，这个世界就太孤单了。

四

当我写完《一个人的村庄》这本书的时候，我开始了我的城市生活。把那个叫"黄沙梁"的小村庄扔到天边，偶尔会过去看一看，看到我们家的那院房子，一年比一年衰败，看到一个我认为是永远的家乡和故乡的地方，在从这个村庄消失，甚至连这个村庄本身，也不会存在多久，因为它太荒远，人们在离开。我想，我可能逐渐地就变成了一个没有家乡的人，留下的只是有关家乡的往事。

但是这个世界上，总是有一些人，或一些地方，有意无意地，在给你保留过去，在补充你的遗忘，让你不至于把这个世界忘得太快，让你不至于一回头什么都看不到了。

有一年，大冬天，我们沿着天山北坡去寻找那些古村庄。走着走着，突然一拐弯，拐进了一个村庄。

这个叫菜籽沟的小村庄完完整整保留了我小时候的那种记忆，没有一点新的东西进去，那些人家的房屋，沿着小溪和山边，三三两两地排列着，从哪个角度看都是一幅山水国画。

中国人的山水国画，完整地表述了我们祖先对山水自然的态度，人家住在大地的一个小小的角落上，更多的空间是留给自

君自

然的。

当时了解的情况是，这个村庄原有四百多户人家，已经有二百多户迁走，剩下许多空房子。我们去的时候正好有一家在拆房，一打问才知道，那一院房子，也可能是清代、民国时的老房子，只四千块钱就卖给别人了。由人家拆了木头，一车拉走。

你想，一个延续百年的老宅院，就这样拆成废墟，这个庭院中原有的生活由此中断，一种生活到此为止。

我们还了解到，村里有许多这样的老房子，待卖、待拆。我马上跟县上协商，能不能抢救性地收购保护这些老房子。

接下来就是一家一家地收房子，只要是农民扔弃不用的老房子全部收来。收来十什么？给艺术家住，当工作室，让原有的老建筑原貌保留下来的同时，也让这个村庄的烟火得以延续。

我们收的最大一院房子是一个老学校，二十世纪六十年代建的，原来是村里的小学，后来变成中学，再后来没有孩子上学了，变成了羊圈。我们把它买下来的时候，所有的教室和办公室积着厚厚的一层羊粪，我们花了好多钱把羊粪一锨锨地清理出来，找到教室的地，找到讲台，还在羊粪中找到那一代学生留下的一个铁皮铅笔盒。

最初的想法是在这里过耕读生活，种菜、读书创作、养老，因为更多的艺术家来了，入驻村庄，菜籽沟艺术家村落也有了雏形。

我也仔细想过，我们这些作家、艺术家能给村子带来些什么。我们都是曾经有家乡，后来又失去家乡的人，小时候生活的那个村庄已面目全非，留在心中的乡村记忆无迹可寻，走到哪里都是新的东西。在大地上有家，但是处处迷失。我自己需要认领一个家乡，需要回过头去认领我曾经有过的生活，认领我的祖先曾经的文化精神。

除了认领，还要归还。多少年来我们从村庄拿走的太多。

后来因为艺术家的进入，村里来的人多了，那些离开的村民也在不停地回来，建了许多农家乐，这个村庄看似慢慢地活过来了。按照村里面的说法，我们要不来，三五年之内，这个村庄就荒掉了。

比这种荒芜更可怕的还有一个事实是，农村不仅没有人了，而且没有下一代了。菜籽沟所在的这个乡，两三千人口，2016 年一年出生了两个孩子，这是多大的危机呀。

艺术家来了之后，到村里旅游的人多起来，许多村民用自己空闲的房子去做旅游。但是村民一着急，就把城市的好多建筑垃圾弄到了村里面，彩钢板房、亮晶晶的瓷砖，都进村了。

现在中国的乡村，正经历城市劣质过时建材的污染，在乡村的大道上，可以看到一车一车的被城市人在多年前就已经淘汰的建筑材料和生活用品，在向乡下倾销。我们要让村民懂得审美，知道把村庄本身旧的和古朴的东西保护好，这是有价值的。

我们还希望能让县乡干部知道乡村的价值所在，在规划改造乡村时手下留情，别再把有价值的东西毁了。乡村是中华文化的厚积之地，懂得乡村，方能保护发展好乡村。

我们还设立了"丝绸之路木垒菜籽沟乡村文学艺术奖"，我们在木垒县委政府的支持下，每年筹集一百万元，奖励对中国乡村文学、乡村绘画、乡村音乐、乡村建筑设计做出杰出贡献的人。

君自

已经举办了两届，第三届颁奖主题是乡村建筑设计，届时会有一位为中国乡村建筑设计做出杰出贡献者获此殊荣。我们的宗旨是站在木垒和丝绸之路这个大背景下，整体关注中国乡村文学艺术。乡村是中华文化的精神创生地，中华文化的根在乡村，我们要从根部去关注它。

如今看来，这个村庄的命运也许真的被改变了。以前村里只有一个小杂货店，现在开了几十家农家乐。每到周末游人不绝，来写生创作的画家一拨一拨住进村里。菜籽沟真的活过来了，一些搬走的村民又迁回来。我们这些外来者，也在面临跟村民的诸多矛盾。我们认领了一个别人的家乡，我们将在这个村庄里没有户口和合法宅基地地居住下去。

记得『贤良方正』

刘醒龙

哪怕望见家乡的一块山石，也会觉得有不一样的文化精神在滋养教化。

一

人心里藏着的秘密，连自己都发现不了。

等到这秘密实在不想继续成为秘密，找机会泄露天机，自曝行踪，穿山过海的心灵，早已沧桑得不再将任何秘密当成秘密。

经过自我解密的回忆，1991年秋天颇为不凡，这种以爱恨情仇等世俗面貌出现的不凡，所包含的特殊，多年以后才会以真面目示人。一如过了30年，其间还跨越新旧两个世纪，回过头来看《凤凰琴》，当年那心旷神怡的山居日子，是一个人内心能量的爆发。那座名叫大崎山的山，是这种爆发力名副其实的支点。

人在生活中过得久了、走得远了、见得多了，就会滋润出超乎寻常的深情。深情破土而出时，山挡不住、水挡不住，人情练达、世故老成亦无法拦阻，就算满腹经纶何其锦绣，同样奈何不了。1991年初秋，我在大崎山小住，恰到好处地体现了这种深情。大崎山是大别山余脉，坐落在长江之滨，没有群山环绕，独具孤峰品格。当年举家搬迁，去到大别山腹地，自己刚满周岁，还没来得及见识大崎山独有的人文气象，但在日后的家庭文化中，大崎山从没有缺位。家人守着开门就能见到的大别山主峰，说话说事总在牵挂几百里之外的大崎山，天长日久的积累，让从没见过的大崎山变得更加神奇。1991年初秋在大崎山的那几天，举头相望、俯首所见，舒展双臂与长风霞彩相拥，家中长辈说了二三十年的人与事，在崖岭上、密林间，比比皆是。多年以后，我才深信，曾经只缘身在此山中的大别山，诗心开化、文采飞扬，缘起于大崎山中的那段深情。

世间山水自然，只有两种形态：一种是熟悉的陌生，一种是陌生的熟悉。熟悉的陌生使人倍感神秘，陌生的熟悉使人生发情怀。作为前者的大别山与作为后者的大崎山，文学意义上的区别，在1991年秋天已经发生。一生当中，人到底错过多少辉煌事务，这种虚无的假设无法统计。人能记得和体察的只有一步步走出来的踏踏实实。没有大崎山上的深情爆发，没有大崎山所形成的力量支点，会不会有后来的写作，这个问题不可能有答案，也不需要答案。那些没有发生的事情，可以成为传说，却不可能成为文学。

从大崎山上下来，我一口气写了与之前写的所有小说大不一样的两部小说。

先是1992年第一期《青年文学》头条位置刊发的中篇小说《村支书》，杂志还没印出来，责任编辑李师东就来信说，再写一篇更好的，紧接着在第三期上推出来。写作者对自己所写的每一部新作，都会怀有超越自我的愿望。一部好小说，一部在好小说之上称之为更好的小说，是什么样子？有什么样的标准？这些年来，我从未问过李师东，他也从不主动提及这个问题。1992年元月，《凤凰琴》顺利写成并寄出。李师东收到稿件后，只字不提这是不是一部更好的小说，只是将约定的第三期改为第五期，原因是文学杂志的行规，第五期比第三期更加醒目。

后来的某个阶段，我很烦别人提《凤凰琴》。这种烦闷的不快使得自己在一段时间里，需要说话时，尽量不提这部小说，需要编小说集时，也尽一切可能不收录这部作品。一方面是由于那些言说者总是拘泥于所谓教育题材，而我所描所写本是这世上人口最多的卑微者；另一方面是由于某些史评家总是定论于文学对现实社会的救急功能，而我所思所想本是给这些小人物恢复有尊严的生命价值。

1994 年，长篇小说《威风凛凛》出版，封面勒口上写有一段话：作家写作有两种：一种是用思想和智慧，一种是用灵魂和血肉。在更广泛的意义上，作家也可以分为两种：一种用作品影响作家，一种用作品影响人民。虽然普遍承认，后者更加伟大。在讨论具体作品时，比如《凤凰琴》，从日理万机的政治局常委、国务院副总理，到汶川映秀小学的教师夫妻，再到那群非要将村名改为"凤凰琴"的家乡村民，莫不为之动容。但一旦面对机锋处处、众生芸芸的文坛，"人民"之说常常被冷嘲热讽，弄得情何以堪。

文学桂冠永远属于人民。人民文学桂冠好说不好戴。

这种令人不可思议的纠结，直到 2009 年前后才得以化解。这一年，我在《凤凰琴》的基础上续写的《天行者》出版了。

历史可以打扮，现实可以粉饰，命运一旦降临，每一根毫毛就是金科玉律，每一声咳嗽就是金口玉言。那最时髦的元宇宙，最前沿的量子物理，也不可以有所改变。

作为中篇小说的《凤凰琴》写了一段浓得化不开的情怀。作为长篇小说的《天行者》，存续在字里行间的是铜铸铁打的生命。

天下情怀，各美其美，有点隔膜才是正常的。世间生命大致相同，什么是好小说，什么是更好的小说？唯有情怀才懂得情怀，只有生命才能配享生命。也许只有好小说才懂得什么是好小说，这也是小说作为文学的一种，与生俱来的最大秘密。能解得这秘密的诀窍，仅仅写作上的努力远远不够，必须想办法将写出来的小说放到时光的长河中，听听逐渐远去的流年有没有声声不息的回响，看看迎面而来的时代有没有水乳交融的拥抱。

一部作品，用持续 30 年的变与不变，陪伴写作者变或不变，其好与更好绝对不是收获名声。与名声无关的人性修行、人文品格，在小说中、在日常里，才是真正的好与真正的更好。所以，还要有一种可能，更好的小说，是对自己的感激。在称得上更好的小说中，必然用文学塑造了专供自己学习的自己，这也是更好的小说特有的最大的秘密。

二

乡村的普通，人人能见着。乡村的秘密，能见着的人则是幸运的那一个。

2023 年春天，我因为新冠感染较重在医院待了 20 多天。回家静养之际，无意中翻出一本旧笔记本，打开来看，是自己作为奔小康工作队队员在香炉山村那些日子的工作笔记。笔记始于 1992 年 4 月 2 日，开篇就写"香炉山村基本情况"，接下来是"大河镇奔小康大讨论骨干培训会"的会议记录。

离开香炉山村 30 多年后，再次看到那时记录的一些文字。比

　　　　　　　　　　　　　　　君自

如村委生活会上，为人实在的村支书自我检讨说："班子内部发生冲突时，也不能是是是，非是非，表面团结，其实不团结，和主任的工作没配合好，减弱了我们的战斗力。"回头村主任发言："生活会不够火药味，坦率地说，书记、主任配合不够好。举个例子，在某某家喝酒，我敬你的酒，你说你想使我倒哇，还冇，倒了就是你的。跟你工作没前途，工作组住我家，书记不认为我是在为村里工作，而认为是在拉关系。书记和主任是一二把手，像夫妻，夫妻之间就不应该有半点猜疑。"那位退下来的老支书说话更有意思："支书和主任都在我手下当过干部，支书讲得谦虚一点，主任讲得透彻一点。都是 40 多岁的人了，要留好名声下来。"重温这些生活现场里的文字，回忆当年现场里的人，依然深刻地感受到一种只会产生于乡村的人性力度，以及乡村的鲜活世俗。

村委生活会结束后，我将随身带去的 1992 年第 1 期《青年文学》杂志送给村支书，上面有我的中篇小说《村支书》。之所以能参加黄冈地委奔小康工作队，正是由于这部作品的发表。

1992 年春天，时任黄冈地委委员、宣传部部长的王耀斌找我说话，大部分时间都是结合他自己的从政经历来聊对《村支书》的感受。其间他忽发奇想，问我想不想到村里去看看。其时，我已经将新写的《凤凰琴》交给了《青年文学》，身心正处在调整阶段。弄清楚具体情况后，我毫不犹豫地答应了。后来有人弄出一些文字，说《凤凰琴》是我参加奔小康工作队后的新创作和新收获。同是这一年的四月份，华中师范大学召开《村支书》研讨会。之后，不时有文字说，因为这个会，我才大彻大悟写出《凤凰琴》。也不晓得这些"研究"是如何研究出来的，完全无视参加奔小康工作队与研讨会召开的时间节点。

按照工作流程，四月中下旬，《青年文学》五月号已经完成了校对与清样，头条位置正是《凤凰琴》，并配发有时任中国青年出版社总编辑阙道隆先生的评论文章。回忆这些，只是想重申自己一向以来的理念，写作是灵魂战栗时留下来的永远抹不掉的印迹。有鉴于乡村在文学中的悠久传统，这一点更加突出。

面对乡村，我固执地站在临时抱佛脚的采访式小说写作的对立面。不拿正眼去看那种想写乡村生活了，便带着笔记本下乡，回城之后，便对照笔记囫囵吞枣地写些"猎新""猎艳"的文字。

我所参加的黄冈地委奔小康工作队，具体的工作地点在黄梅县大河镇香炉山村。多年以来，在香炉山的那段时光，总在不断地回现。特别是村支书读完《村支书》后，我与之相见的那番情形。

那一天他显然是特地来找我，却又显得是在田间小路上偶遇。在村里，我独自住在一所空置的农民家里。房东一家人都在南方打工，这所新盖的房子里，摆着从旧房子里搬来的几样家具，四周的外墙砖缝还没有抹上泥浆石灰。倒春寒一来，北风吹得骨头都疼，满屋沙砾横飞。大白天老鼠们都敢横行霸道，到夜里更是猖獗得如同一群恐怖分子。因为缺电，夜里电灯只能昏昏暗暗地亮一个多小时。点亮一根蜡烛，不到半小时，就被从墙缝里吹进来的冷风搅得一塌糊涂。我来村里，没有安排具体任务，主要是看和听，至于写什么和什么时候写，都没有明确要求。因为夜里睡得早，早上起得也早。村里的狗多，见到陌生人就群起而攻之。早起出门时只好在门口的几棵树下转来转去。

那天早上，我正在树下转悠，村支书忽然走过来，手里拿着

君自

那本《青年文学》，嘴里喃喃地说："文章我看完了，写得和香炉山一模一样。"停了停，又说："你怎么对我和村主任的情况了解得这么清楚，是不是之前来香炉山暗访过？"村支书前面的话，我是认同的。小说中的村支书群众基础甚好，为人勤勉踏实，不搞丁点歪门邪道。村主任脑筋灵活会搞关系，能将不明不白的事做得顺理成章，在村里人的眼里为人却有点糟糕。在香炉山村待上不几天，就发现村委会的主要负责人，太像《村支书》中职位相同的二位主人翁了。

我也如实相告，《村支书》的原型是一位朋友的父亲。他1958年随志愿军从朝鲜撤回国内时，才二十几岁，复员回乡不久就担任村支书，历经40多年的风风雨雨，一直稳坐在村支书的位置上，深受村民拥戴。不管面对什么样的政治风暴，村里从没有人公开或者私下说过他半点不好。整个黄冈地区还在任上的村支书，他不算年纪最大，但是任期最长。更早的时候我就曾为他写过散文《鄂东第一支书》，文章的重点不是说为人之好，而是说，实行承包责任制后的某个早晨，有人将他家田里长得好好的秧苗生生拔了三棵，扔在他家门口。朋友的父亲为此病了三天，说是病，其实就是躲在家里反省，自己哪里做得不好或者不对，不好意思出门见村里的人。三天过后，朋友的父亲主动提出辞职。尽管全村人一致挽留，其中肯定也包括那位拔掉他家秧苗的人，朋友的父亲终究还是遵从了自己内心的决定。

我的话让村支书陷入一种沉思。之后一整天都在自己的责任田里埋头干活，妻子喊他说家里来了客人也懒得搭理。那样子，与小说中的村支书太相像了。我在香炉山村前前后后的经历只有三个月，离开之际，上面公派的、喜欢将一件廉价西装披在肩上的第一支书已经到任了。我提着简简单单的行李，站在小河边那家简陋的餐馆门口，等候作为乡村公共交通的三轮车时，村支书从旁边的修理铺钻出来，他一句送别的话也没说，只问我以后还来不来香炉山村。我嘴里说一定还会来，心里也真是这么想的。

30多年过去了，当年工作队的几位都曾回去过，唯独我一直没有践行那句随口答应的话。其中或许有某些理念不同的缘故。我喜欢那位村支书，其他人欣赏那位村主任。我所判断的依据当然不是那位村支书无比接近小说《村支书》，而是在他身上不经意间流露出源远流长的乡村品格。乡村就是要有点乡村自己的东西，而不可以追着城市的屁股后面跑。

30多年中，因各种原因有过许多次回迁搬家，丢失的旧物不计其数，在香炉山村的工作笔记却一直留在了身边，恰似冥冥之中关于乡村的特殊情愫在起着作用。文学看上去是在为某种事物树碑立传，本质上不是关于对错的诠释，也不是对新旧的析辨。文学看重的是独一无二的美，以及贯穿在其中的勉力而为与仁至义尽。乡村之美最是黄昏，从朝阳的滋润开始，经过正午的热烈，终于得来那地平线上的一抹晚霞。此时此刻的美，是人生小试，是历史简写，使得人们用不着去那长河之中打滚，用不着非要弄得浑身血汗，就能体察命运的一如既往与不同寻常。所以，小说中村支书的出现与消失，满载的是文学理想与希望，美怎么可以被击溃呢？善怎么可以被蔑视呢？

没有美和善的发展，算法越高级，人类越沦落。

　　　　　　　　　　　　　　　　　　　君自

三

老家黄冈在长江边，成长在大别山中的那段日子，在对爷爷教导的"贤良方正"四字有了悟性后，哪怕望见家乡的一块山石，也会觉得有不一样的文化精神在潜移默化。岁月漫卷，这被自己当成源远流长的家乡经典，是否必须源出于百代东坡、千年赤壁等宏大叙事，成了一个不大不小的疑问。

近些年，凡是能够点睛的句子，只要是外来的，再冷僻也会有人煞有介事地研究。反而是本土那些听得耳熟的文学，潜心弄通吃透的人极少，无师自通者太多。比如我喜欢从乡村生活了88年的爷爷那里听来的"贤良方正"，虽然很长时间不知道出处，能悟出其中意味，便对付着学与用。

《黄冈秘卷》出版那年年底乔迁新居后，想着这辈子不会再搬家了，便乘兴写了几幅"贤良方正"，自己留下一幅，其余几幅分送给来家过年的大姐、弟弟与妹妹们。那四个字的家乡经典挂在墙上，有朋友来家，问此四字是何意思。自己就一遍遍地解释，此"贤良"指的是人心人性，此"方正"表示事情发生时一个人的行为动静。这不是望文生义，是自己联系家乡黄冈的山水地理、人文情怀做出的判断。

2020年9月10日下午，临近黄昏，楼下的书房开始暗淡起来，躺在沙发上听了一阵《水浒传》，有点昏昏欲睡时，手机里突然迸出四个字。猛然间以为听错了，拿起手机往回点了几分钟，再听时还是那四个字。于是摁了暂停键，打开搜索网页，找出《水浒传》来，翻到"母夜叉孟州道卖人肉，武都头十字坡遇张青"那一回。果真发现当年爷爷用来形容黄冈人的"贤良方正"。在这一回,武松杀了毒害兄长的一应仇人,阳谷县令行文押送武松到东平府。府尹陈文昭觉得武松是条好汉,刻意替其脱罪减刑。于是有诗赞陈文昭:"……慷慨文章欺李杜,贤良方正胜龚黄。"

在《水浒传》的不同版本中,只有人民文学出版社的一百回本有此"贤良方正"四字。其他版本中,但凡保留"有诗为证"和"有诗赞曰",都将"贤良方正"改为"贤良德政"。黄冈人不屑于"贤良德政"而死心塌地记着"贤良方正",推想起来,无非"方正"二字与乡村男儿心性更加契合。一如自己对此四字的体验与体会,非"方正"无以评说此生,甚至无以置身文学。

在我写过的《分享艰难》《圣天门口》《蟠虺》等小说中,时常有些不被人理解的男女世事之观察思量,究其根源,似乎与乳养自己的黄冈大地弥漫着比别处多一些的"方正"相关。文学对"贤良"吃得很透了。若论"方正",在考究上需要做的事情还有很多很多。特别是"贤良方正"同时成了人们行为的价值追求时,那种错综复杂,但又浑然一体的模样,不是一般地考验人。用至简至易的方式来解释,"方正"是每个人在人间的行为品相,还可以说"贤良""方正"是互为表里。

《黄冈秘卷》后记中写过一段话:"贤良方正"四个字,是爷爷说出来的。爷爷那时候不是有意与我说,我也不是有意去听。爷爷在与别人挖古说闲话时,不经意冒出来,我也是不经意听了进去。多年以后,因故想起爷爷提及"贤良方正"的前前后后,方才明白,爷爷说老家黄冈如此如此,只是陈述一种文化,指引一条能让人活得更好的正脉!

《黄冈秘卷》开篇写了一句话：凡事太巧，必有蹊跷，不是天赐，就是阴谋。爷爷在世就爱读"老传"，也爱在茶余饭后闲云野鹤一样与人讲"老传"，这样的传承显得更加亲密可靠一些，也无限接近于真实的民风、民心与民间。对于文学，这应当也是打通历史与当下的关键资源之一。

　　一棵大树，枝头有事无事都会喧嚣，扎在地底下的深根，从来是悄无声息。一条大河，岸边的水花有风无风都要溅出千姿百态的花样，浩荡的中流总是默默潜行。一座大山，山峰处无不引人入胜，拔地而起的山体从来不会有任何动静。是真经典，不仅铭记在经典本身，还会用不经意间使人恍然大悟的方式，活在活色生香的生活之中。真实的乡村与文学的乡村，既是这样的大树，也是这样的大山，因为它们的存世，人们才有由古老自然向崭新社会过渡的可能，如此也才有了抛却横流物欲，皈依秋水长天的途径。

精神原乡的返程

乔叶

此象确实大，大如乡村，大如土地。

一

　　常常如此：有些事情在开始的时候，我懵懂至极，只能在以后的过程中慢慢知晓命运赋予的深意，比如故乡对于我写作的影响。

　　二十世纪九十年代初，作为一个土生土长的乡村孩子，师范毕业后，我被分配回了豫北老家乡下教书，四年后被调到县城工作，几年后又被调到郑州，直至三年前又来到北京。迄今为止，乡村生活在我的人生中所占的时间份额约是三分之一，都浓缩在二十岁之前。随着离老家越来越远，我对乡村和乡土文学的理解也有一个漫长的发酵过程。在河南文学的谱系中，乡土文学是很强大的传统力量。或许是有点叛逆，我年轻时特别不喜欢乡土，写作时极想逃避乡土这个概念，总是试图保持距离，甚至反抗。多年前有评论家曾问我，有不少前辈作家都有或曾有过自己的写作"根据地"，也可称为地缘上的"原乡"，将之视作精神上的源脉或是情感上的情结，甚或创作中的一贯风格和手法。他们通常有一个甚或数个精神原点，或是相对固定的写作地域。在你的作品中并没有看到某种一以贯之的精神情结或地域元素，你内心有没有一个潜在的写作生发地，或是说隐秘的精神原乡？

　　"没有，在这方面我没有什么明确意识。"我当时很决断地这么回答。还分析原因说，这应该跟生活背景和成长环境的差别有关。许多前辈的乡土记忆完整坚实，就成为他们的一种习惯性资源。他们建立的文学世界不可避免会受到这种记忆的影响。我们这代人的漂泊性更强一些，一般也没有长期的固定的乡村生活经验，写作资源相对来说也零碎一些，当然也可能会多元一些。

但其实，怎么可能没有呢？只是彼时不自知。不过没关系，时间会让你知。这么多年过去，悄然回首就发现自己的小说写作有了两个方向的回归。一是越来越乡土性。作为一个河南籍作家，近年来虽然已在北京工作和生活，但地理视野的多维度似乎让我的乡土性更鲜明了些。二是越来越女性化。之前我还不时地有男性叙事角度或中性叙事角度，如今几乎全是女性角度。也许在很多人看来，身为女作家进行女性化写作是一种再自然不过的原点选择，可对我而言这却是一种命中注定的精神的返程。

如果做个粗略的盘点，小说《最慢的是活着》或可算作是比较明晰的回归标志，它是我非常有读者缘的一篇作品，前后出过六七个版本，马上又要有新版了。它所引起的反应让我不断地去想，从民间到文学界，大家为什么这么喜欢这个小说，或许是因为它写到了乡村情感，或者说祖孙情感那么一种很基本的感情，也可能是乡土自身的魅力。

接下来写的几个长篇小说，《拆楼记》《藏珠记》都有乡土背景，且都是女性角度。《拆楼记》是以河南老家的拆迁事件为背景，《藏珠记》是以河南的豫菜发展为背景……它们都与家乡有很密切的关系。在这些写作中，我也都在追寻我乡村的根脉，不断地去理解它。

《最慢的是活着》之后，我已经意识到自身的乡村经验是最重要的，但这种乡村经验被封存了，我不知道该怎么用它，尽管我写《最慢的是活着》时用了一些，但还很不够，可我又不知道该怎么办。换句话说，写个长篇小说对我来说是件特别"严重"的事。而且写乡村的长篇我也本能地知道特别复杂，我不敢轻易动它。

二

2014 年，我去了河南信阳市一个名叫郝堂村的村庄，那里山清水秀，特产就是信阳毛尖。我发现这个村庄和我记忆里的村庄不大一样，村民不光是去外面打工，也有回来安居乐业的，然后老老少少齐齐整整，一边务农一边做生意，在家门口相对自洽地过日子，这种业态我觉得特别好。当时我就想我是不是可以为此写一个小说，那两年往郝堂村跑了很多次，写了一些散文。

从 2014 年到 2016 年，我基本上有了一个长篇小说的雏形，但后来发现有个很大的问题。豫南和我们豫北的风土人情差异挺大。举个例子，郝堂村待客的时候，拿出的是信阳毛尖，零食是小河虾，但我们豫北的日常生活不习惯喝毛尖茶，也绝对不可能出现小河虾这样的零食。关键是我没有真正在郝堂村生活过，我对于它而言始终是一个外人，我的童年情感也无法和这里打通。我认识到这是一个很要命的问题。

虽然写了几十万字，有效字数却非常少。我琢磨了一下，发现此地因陌生而具备的吸引力，此时又成了我难以打破的障碍。因我的童年、青少年没有在这样的存在里生长过，所以即便做了很多功课，也还是感觉有一层隔膜。这隔膜似薄实厚：长篇小说要求内部这口气必须贯通，也特别考验写作者对世道人心的洞察，需要深入肌理地去了解社会规则、人情世态。但我到了豫南那边真的就是个外人，人情世故每一点我都觉得陌生，也不是多去几次就能贯通得了的。写的时候最关键的这口气贯通不下来，这就很要命。

2017年我回了趟老家，回去后发现贯穿整个长篇情感的那一口气，原先老堵到这，下不来，回老家后马上就下来了。不得不承认，人情世故真就是一条很牢固的线，自小生于斯长于斯，就很容易进入生活内部，写长篇的这口气突然就通了。虽然这些年我也不在家乡生活，有一定的陌生感，但这种陌生感容易被打破。不过我也没有直接选择原生的平原村庄作为主体，经过慎重斟酌，我把主体定位到了南太行山村，并选了两个村子作为长期跟踪的点，深入探访寻找想要的东西。山村的自然风景好一些，同时我老家山村也在发展乡村旅游，我在信阳那边了解到的新变化在老家基本也是同形态的，那就两边并行观察。很快我第一章已经有了，还是按一年十二个月来写，但后来发现这么架构的话，里面的人物、故事情节会被切碎，这个空间节奏对我来说是不行的。于是我转向四季的结构，它松弛有度，在最大程度上给了我自由。

这些说起来都是写作时走的弯路，但也都是必要的。而且之前在信阳的积累也没有浪费，很多素材仍可用。比如因为我在信阳写采茶，做了很多功课，2022年年底写了个短篇叫《你不知道吧？》，发在了《四川文学》。采访这种功课做得再多都不会浪费，因为它就像一匹特别大的布料，写一个长篇如同做了一身衣裳，你做完这身衣裳，还会留下零星的布头，可以做袜子、手套、手帕等等。且还有意外所得：信阳那个村走得比较靠前，正好可以和老家这边形成链条上的接续性。而老家这边的村子因为转型刚刚起步，既有很多传统的东西保留，同时也有现代化的东西，其封闭与开放所引起的冲撞和博弈，在人心人情里的震荡更为激烈、丰饶，各种气质杂糅在一起，非常迷人。

<h1 style="text-align:center">三</h1>

但还是很难。贯通这口气只是首先碰到的难，接踵而至的难可谓各种各样。比如对这个当下性题材的认识就很难。因为很少有现成的创作经验可作参考，也因为当下的一切都正在跃动弹跳，难以捕捉。再比如说结构之难。我在小说里设置了多重结构，有心理结构、地理结构、故事结构、时间结构等。心理结构就是以女主人公青萍的心理变化为主线，地理结构则是故事发生地宝水村的文学地理规划，包括它要分几个自然片，哪个片是核心区，核心区里住着哪些人家，谁家和谁家挨着住，以及村子周边有什么人文景点，游客来要走什么线路等，都需要反复斟酌。时间结构上，我想写乡村的一年，而这一年如一个横切面，横切面意味着各种元素兼备：历史的、政治的、经济的、社会学的、人类学的、植物学的等，这是乡村题材必然具备的。我是希望写到乡村

的各个切片，呈现出开阔性和丰富性。包括各种游客的声音，也代表人们对乡村的不同看法，那么矛盾也好，碰撞也好，博弈也好，我都希望尽可能把它们容纳进来。想让切出的这一面足够宽阔和复杂，自然也意味着难。

起名字也颇费琢磨。在《宝水》中，我给郑州另起了一个名字，叫象城。老家焦作，另起的名字叫予城。予，人称代词，相当于"我"。《宝水》中的叙事角度，就是第一人称的"我"。而象和予合在一起，就是豫。据《说文解字》，豫本义是大的象，所谓象之大者。因远古时期的河南一带有很多大象活动。象城，予城，我敝帚自珍地喜欢着小说里的这两个地名。象城，确乎像城，却到底不是纯粹的城，在这农业大省，它还有着各种或隐或显的乡村元素。此象确实大，大如乡村，大如土地。对这大象的了解和表达，我总如盲人，《宝水》的写作便如盲人摸象。但无论如何，也算是在真切地摸着。摸到的每一处，都亲熟如予城的予。而予城所指，就是我的城，我们的城，我们实地的城和我们内心的城。

小说里的宝水村属于怀川县。于我的记忆而言，怀的第一要义不是怀抱的怀，而是怀庆府的怀。怀庆府是老家焦作的古称。因为怀庆府，老家所属的豫北平原的别名就叫怀川，又称牛角川，因它由狭至宽呈牛角状。牛角川四季分明，日照充足，地下水充沛，无霜期长，雨量适中，是一块丰腴之地。极有代表性的特产是四大怀药：菊花、牛膝、地黄、山药。尤其山药最负盛名，人称铁棍山药。主要人物的名字我也都敝帚自珍地喜欢着。动笔之初就决定让青萍姓地。老原这个原，就是原乡和原心的原。孟胡子全名孟载，孟即是梦。大英要姓刘，她是留驻乡村的坚决派。

杨镇长的绰号叫"烩面"，像河南这样的地方，像郑州这样的城市，也确实是最合适吃烩面的。吃着烩面你就会知道，也只有这样的地方，才会有这样的吃食：那种倔强的香，笨拙的香，筋道的香。九奶叫迎春，姓何。青萍奶奶必须叫王玉兰，因为我的奶奶就叫王玉兰啊。

我外婆很早就去世了，我奶奶活到了 2001 年，八十多岁，她去世六年后我写了《最慢的是活着》。后来我反复确认，觉得奶奶是我认识这个世界的根本出发点。当初写《最慢的是活着》的时候，我哭过很多次，其实后来——直到现在，每次想到还是有那种想哭的感觉，奶奶对我的意义是我逐步认识出来的。

我小时候老跟奶奶"干仗"，觉得我跟她不一样：她是封建社会出来的，而我生在新中国、长在红旗下。但后来我知道奶奶特别聪慧，缠脚只缠了一半，她是有反抗精神的。所以表面上我们因为时代的局限很不一样，但很多内在的精神性的东西是相通的。再有就是她对生活的认识，我原以为是很保守的，但它们实际上是非常牢固、坚韧的存在。比如她讲宽容，"你对别人宽，自己才能宽"，这是特别朴素的道理，到今天都不过时。有时候想到奶奶，我会感慨生活就是大浪淘沙，淘出了金子一样的东西。

我们兄弟姊妹五个，都是奶奶带大的，我爸爸是独子，学习也挺好，我爷爷当时是军人。1951 年，我爷爷在最后的大西南剿匪中牺牲，他军衔还不低，所以那时候有人说他太不会去世了，大仗都打完了，他却在零星小仗中离去了。《最慢的是活着》是中篇，只有 3 万多字，很多东西我没有把它们尽情地释放出来。所以到了《宝水》，我给青萍奶奶起名王玉兰。

至于语言，小说本身的一切就决定了最适合它的语言调性：语言主体必须来自民间大地。而这民间大地落实到我这里，最具体可感的就是老家豫北的方言。近几年里，我总是随身带着一本老家方言的资料书，写小说时方言声韵就一直在心中回响。从小浸泡在这语言里，我现在和老家人聊天依然且必然是这种语言。但方言使用起来也很复杂，要经过精心挑拣和改良才能进入文本。河南的原生态方言是极度简洁的，比如我老家方言说教育孩子是"敲"，宠爱孩子是"娇"。有句俗语是"该娇娇，该敲敲"，意思是该敲打的时候要敲打，该宠爱的时候要宠爱。但直接用过去，恐怕很多读者会不明所以。因此我琢磨一下，改为"该娇就娇，该敲就敲"，这样既保留了原来的味道，又不至于让读者困惑。

此外还需要学习辨析山村风物，体察村里人在农民和生意人的身份中如何腾挪，也需要对乡村诸多关系重新梳理和审视：村民间的邻里关系，居住在繁华地段和偏远地段的村民间的关系，村民和村干部的关系，乡贤和村干部的关系，乡镇干部和村干部的关系等，都需要再去认识和表达，所有这些都是必须克服的障碍。当然，障碍里也尽是宝藏，就看挖矿的人有没有力气，手艺又如何。对这些难，除了耐心去面对，我没有什么更好的办法。我真就是一个笨人，所谓的经验都是笨的经验。无数次痛恨自己笨拙，也嘲笑自己自讨苦吃。然而，等到终于定稿成书，却顾所来径，也还是觉得所有的付出都值得，很值得。

四

《宝水》经常会被贴上"乡村振兴"的标签，就我个人的初衷而言，其实就是想写历史背景下活生生的这些人。每个村庄都有它的历史，我希望写出历史或者文化的纵深感。我希望我笔下的宝水村是一个中间样本，它不多先进也不多落后，不多富裕也不多贫穷，它可能是居于中间状态的，符合更大多数的乡村样本，这对我自己来说是更有说服力的。

这样有些问题就是共性的，比如现在很多城里人会将乡村视为繁杂生活之外的喘息之地，但我会来回站位，会想，凭什么城里人就对乡村人有道德要求，说你们就应该淳朴？现在农家乐很普遍了，城里人都是一种观光客的心态，但在这儿扎根的人，他们是活生生地在这过日子的，柴米油盐，一定要有利润才能可持续发展，不然乡村振兴就凭情怀去做，特别空。而一旦产业落地，就要算很多账。所以小说里就算了很多的细账，村民怎么定价，怎么盈利，他们自己要做很多内部研究。这属于乡村内部很隐秘的部分，一般观光客是不关心的。

但我觉得青萍这样一个居于乡村内部的人，她一定要看到这些，而且能和她的童年乡村经验连接起来。那些长久靠田地生活的人，他们是怎样的生存状态，当他们必须面对农耕传统向商业模式的转变，他们的情感、他们的人际关系会出现怎样的变化，我觉得这是小说很重要的一个部分。

而且青萍一开始排斥、抗拒乡村的人情世故，认为正是因为这些束缚，自己的父亲才会意外身亡。但后来青萍渐渐理解了乡村的社会生态和生活逻辑，这其实也是我自己在成长中的转变。写作时，作家和小说中的人物心理同步是很自然的。小说中青萍到宝水村去，一开始是很忐忑的，因为她觉得自己受到过乡村的伤害，所以这个小说的叙述温度最初是冷淡的，后来才逐渐有了温度。她背负着年少时的创伤来到宝水村，其实是以当下的宝水村来理解她过去的乡村生活，理解她过去的困惑。

在写作中，我与女主人公青萍一起成长，一起被治愈。比如2001年我调到郑州工作后，经常会遇到老家的人找我办事，孩子上学、家里人看病等等，好像因为我在郑州，就能结识所有有用的人脉。这对我来说当然是非常头疼的。我那时对此经常生气，恨不得把他们都拉黑了，但这么多年过去，现在肯定不是这样了，我开始理解他们的局限性和不容易，当然我也会和他们好好讲。过去我觉得他们完全不可能理解我的难处，都不屑于解释，简单粗暴，但实际上，好好讲他们还是会理解的。

其实，小说的创作过程，也是对乡村持续体察的过程，让我也深切感受到了生活是创作的"宝水"。对乡村长时间的浸泡和观察，让我获得了丰富、生动的细节。比如村里人都种菜，以前互相薅对方地里一把菜都没关系，后来大家都开始做农家乐和餐饮，一把菜炒一下装盘能卖20块钱；家住在偏僻地段，种的菜很多，要卖菜的话，他们的选择往往是去镇上卖给陌生人，而不是村里的熟人；开客栈客源多，住不下的客人，如果介绍给关系好的邻居时，是要提成，还是下次互相介绍客人？这些小事都很新。那种传统的以物易物受到了商业化的冲击，会带来复杂微妙可爱的心理改变。

所以，新乡村的新，不是从臆想中来，只能从生活里来，这种新，是属于生活自带的生生不息的鲜灵灵的新。这新能不能被看见，能被看见多少，都是对小说家的某种考量。好多东西还真不是想当然坐在那想的，你只有到实地后，才能知道它们能多么出乎你的意料。如果你不是走马观花，而是沉浸式地去看，就能感觉到这种新。

到县城去

孙郁

每次走在县城的路上，有一种带着暖意的时光晃动在眼前，犹如工厂上空飘动的蒸汽。

一

有一年在北京的图书馆里，无意中看到故乡辽宁大连瓦房店的老照片，有点惊奇。那是民国时期的建筑群，火车站旁的店铺还有集市里的车马鸡狗，人的神态，也与今人有点不同。推想那时候的生活，无处不散发出旧俗的气味，但从模糊的背景看，已经有点现代小城的模样，比起我早年长住的复州古城，摩登了许多。

我们那个县城原在复州城，民国后不久迁到近百里之外的瓦房店。那迁徙的理由，是因为铁路的贯通，交通便捷。据说当年铁路要穿过复州城，县衙一片反对声，以为坏了风水，无奈只好改路瓦房店，于是名不见经传的地方出了名。瓦房店原来是个驿站，只有一个大车店，系行人歇脚的地方。因为地理位置荒凉，且为山地，离复州河、复州平原远，很长时间只是个寻常之所。但它的好处是北连盖州，南接金州，起伏的山峦间，风景颇佳。铁路从山的缝隙间蜿蜒而过，近距离串联了南北，也就成了辽南新的枢纽。

二

复州城的老人，是一向看不起瓦房店的，因为它历史短，几乎看不到古风，觉得是个暴发户。但年轻一代不是这样，他们喜欢去看那里时髦的商店、剧院、公园等，心目中乃一个开阔的大世界。二十世纪六十年代末，有个师姐因有表演天赋，被县剧团录用，一时成为新闻。老师带着我们这些低年级的同学欢送她时，有人羡慕道：终于逃离古城了。在孩子们眼里，能够到县里工作，每天能够听到火车声，吃得更好，穿得也洋一点，算是有了不错的前程。

县城外貌有一点洋气，但细看也不乏乡土的样子，洋人的调子只在表面上，所以带有混杂的面容。清朝中后期，从山东闯关东的人，居住在河边与平原地段的多，山地则人烟稀少，落户的人屈指可数。瓦房店的百姓过年过节，要去复州城购货，那时候古城才是辽南的中心。多年后听岳父讲，他的叔爷有一年从瓦房店去古城买年货，恰遇暴雪，竟冻死在路上。民国以后，瓦房店慢慢发达起来，俄国人与日本人觊觎此地，殖民统治中也出现了各种工业与学校，火车站旁边的商业也如雨后春笋般出现。洋式医院、学校和商铺都有了，山丁先生在东北沦陷时期写的《绿色的谷》一书，描述过东北近代化的故事，讲的就是铁路的出现，带来地域的变化，我们的县城，也大抵如此。

外乡人多了，语言也就和辽南的一些地方不同，许多方言的念法比较奇怪，还有不少外来语。工厂里的人说话，和街里的人略有一点不同，那是不同方言交汇的结果。我记事的时候，瓦房

店轴承厂就有一万余人，是直接归属于中央管理的。凡有机器的地方，都有这里产的轴承，它的质量在国内遥遥领先。抗美援朝结束后，许多志愿军转业于此。五六十年代又来了几批大学生，这座工业城市一下子活跃起来了，其中不乏广东人、上海人、沈阳人，各种方言偶能听到。与复州古城近乎凝固的空气比，县城是五湖四海的人汇聚的地方，旧的积习倒是稀薄的。

复州城的孩子们对远处的大工厂有着神秘的感觉，觉得那里含着趣味，以为县城才是现代化的象征。古城里有个姑娘，长得很漂亮，说媒的人也多，但都被拒绝。传来的话说，非县城里的人不嫁。还有一个语文老师，很有名气，忽然调到瓦房店轴承厂的子弟学校。那原因很简单，冬天有暖气，生活方便。但我的一位数学老师就告诉我，他因为在工厂待得太久，走不完的车间路，闻够了的汽油味，于是决定读师范，逃离车间。他的这种情况，在那时算是罕见的。在新旧之间，谁不愿意寻求现代一点的生活呢？！

终于有了机会，去看看那个大的世界。中学毕业前夕，我与卫天路、丁湘江、崔明几位同学一起搭车去县城玩，算是离开中学前最后一次旅游。我们几位，都是随父母从县城或别的地方搬出来的，对于外面的世界多少知道一二。那天坐着敞篷汽车，一路向县城驶去。哈大道笔直地从复州城伸向远方，路过老虎屯，穿越阎店，过复州河。我们被辽南的夏天的青纱帐和起伏的原野所吸引，嘴里哼着快乐的小曲。待到驶进县城，我突然有点兴奋，曾待过的幼儿园还在火车站旁，幼年的生命体验，隐隐约约地记得一点。百货大楼、饭店与旅店鳞次栉比，显得比一般的地方热闹。有几家俱乐部，贴着活动的海报，内容自然是与革命样板戏相关的演出，文艺气氛是复州古城远远不及的。

因为丁湘江的哥哥在瓦轴厂，便都想去看看。我们走到城西的厂子里后，旋即被震惊了。一望无际的厂区，排列着一个个车间，厂房内都是隆隆机器声，还有刺鼻子的油气味儿。厂房高而大，无数车床都在运转着。墙边整齐放着大大小小的轴承，亮亮的，很是好看。穿着工作服的工人，都忙忙碌碌着，气味裹在噪声里，听不见人的说话，金属的碰击声散出几丝玄幻之感。

我们在职工食堂吃了一点便饭，每人一个玉米面饼子，菠菜汤，油水不多，但已经很是开心了。于是有人便又建议去百货店看看。那是一座高高的楼，物品比古城里要多，可看的东西也是有的。我们都买了要去乡下插队用的毛巾、脸盆，还有鞋子。一切都准备齐当，好似信心满满的样子。我自己还趁机去了大岭下的县高中，看看父亲当年工作过的地方。那时候的校园已经有点破败，旧房仍在，只是没有一个熟人。我知道，这里并不属于自己，县城对我来说，已经生疏久矣。

插队的日子很快就来到了，青年点主要是复州城的同学，其次是大连来的，还有几位瓦房店的同学。其中一位同学被称为"小瓦房店"，因为个子不高，且话语不多，显得很持重。复州的人，羡慕从市里和县里来的人，因为地方富裕，不像复州那么土，所以穿着习惯，都随大城市的风气。乡下的夜晚，常常没有电，众人便点着蜡烛神聊天下大事，偶也涉及市里和县里的生活方式。青年点有个刘兄，也是复州城人，他是开山的爆破手，常常要去县城取火药。由于涉及安全性，往往专门找车前往，这在那时是被人羡慕的工作。刘兄滑稽，说话有点夸张，有时候也故意炫耀一下自己到县城的经历。文兰桥有个长春路饺子馆，他说自己每次进城都要去吃一顿。按照那时候的经济情况，不是人人都敢进饺子馆，刘兄谈到去长春路时，得意得很，引得众人流下口水。不过大家都不相信他能够敢去那个地方。后来"小瓦房店"笑着对同学说，饺子馆近日暂停开张了。于是众人开始奚落刘兄，"饺子馆"的外号也就出来了。

我自己因喜欢舞文弄墨，不久就与县城有了深的交际。当时投稿给文化馆，便被招去开改稿会。从乡下到县城，要坐马车到复州，再转乘长途客车，票价一元多钱。颠簸一路到了文化馆，也不觉得累。那时候的县文化馆在一个很显眼的位置，三层小洋楼。馆里只有一个老师搞文学辅导工作，余者都是戏曲方面的专家。因为是一个群众文化单位，大门是敞开的，工人、知青、军人、教师都出没于此，而我对于县城的认识，也是起于这个地方的。

抗战胜利后，瓦房店一时成为战区，1948 年，共产党办的白山艺校曾在此办过学，培养了一大批文艺人才，这些毕业生后来有的去了沈阳和北京，有的留在当地。文化馆的老师有许多是老革命，张柯夫来自白山艺校，卢全利与牛镇江参加过抗美援朝工作，他们三人都写过剧本，有的在省里获过大奖；谭光辉是从部队转业过来的，是远近有名的摄影家；还有几位画家，也成就不俗，王大卫、宋明远是中学教师出身，毕业于复县师范学校……这些人除了自己从事创作外，还担负着文艺辅导工作。他们文字能力和舞台经验都有，身上有着多般武艺。多年间也带出不少青年骨干，在文化系统，都是很有点名气的人。

最初来到文化馆，我便意识到自己喜欢的东西与该环境有点距离，搞文学创作，在那里属于边缘的一种，不太被看重。但收获呢，还是很大的。我在馆里认识了一批戏曲方面的能人，经由一些作品，也了解了全县的生态。比如复州湾有个盐场，所产的盐供应东北三省，可以说是明星企业。有个盐工写了一个剧本，反映工人的生活现状。那时候盐工很苦，身上全是盐味儿，找对象十分困难，作品就有了曲折的人生之叹。我参与了修改的讨论会，感到作者的底子很厚，也感慨于盐工的不易。还有一次，是参加关于水库建设的二人转的本子的研讨，顺便对于全县的水系情况有了点认识。我们还到松树镇看了水库的情况，只见大水连天，像汪洋一般，煞是壮观。这里原是一个麻风病院，收留了许多病人，后来麻风病基本消除，二十世纪五十年代末修水库时，医院便淹没到了底下。有个作者有感于时代变迁，在创作中写出了几代人的苦乐，读后颇为感动。如果不是那些创作者的劳作，我全不知道这些历史的。

业余作者中，有许多来自乡下，有的文字带着很好的艺术感觉。记得三堂公社有个文化站长，名字忘记了，是个写作的多面手，擅长描写民间的烟火气，很有画面感。他为人老实，但作品却活泼得很，乡土社会的神思，偶可见到。还有一位名叫刘永峥的兄长，对于乡俗很有研究，善写拉场戏和二人转，对于舞台很有感觉。我自己对于地方戏曲有点排斥，不太注意其间的道理。认识了刘兄后，便发现戏曲是一门大的学问。他好像是邓屯公社的人，自幼泡在戏曲里，深味舞台的各种玄机。最有趣的是，挖掘出不少乡土资源，唱词与对白形象而动人。我们这些知青作者，文字有点不接地气，当我们热衷于图解一些概念的时候，他却沉浸下来，在土得掉渣的世界寻觅精神的另一种火。他好像受到赵树理的一点影响，对于乡下百姓的生活，有特别的感知，世态炎凉也把握得好。不过，他的作品，每每遭到批评，有领导看了他写讽刺生产队干部形式主义的小品，曾决定禁演，要不是文化馆馆长的坚持，小品也许就被毙掉了。刘永峥写故事是来自乡下经验，那情节的安排，受到了契诃夫小说的暗示，一波三折，很是好看。我那时候感到，土洋结合，中外贯通，才是创作的出路。在民间苦苦摸索的写作者，其实有书本里没有的另类智慧。刘永峥后来成了文化馆的干部，不久因剧本多次获奖，被调入省里成了专业编剧，那已是后话了。

三

我每次去县里，都住在县委招待所。招待所一带，还留着殖民地时期的遗绪。有几排日式的房子，过去是满铁医院。在招待所另一旁，是一座俄式的大楼，乃修建南满铁路时留下的。林荫小道边，排列着一幢幢风格各异的旧别墅，它们都睡在那里。走在那里，有一种历史的风在吹动的感觉，但对于其内在的沧桑，我还是知道得很少。县委招待所，比其他地方要热闹一点，人员往来也比较多。我在这里遇见了不少知青，他们大多是从大连下放到本县的，被抽调到县里写材料，或开什么会议。这些人在气质上与本地人不同，视野是开阔的，以致多年后，他们的音容笑貌我还都记着。

我有一次与某公社一个姓赵的报道员住在一起，他是老三届，大我十岁，妻儿都在大连，自己在乡下多年了。他的杂文功夫深，给省市报刊写了不少文章。赵兄没有大连口音，说的是普通话。聊天的时候，知道他博学，喜欢哲学，对于康德、黑格尔有些心得。文章呢，遵循的是鲁迅之路，一些句子也是暗仿《二心集》与《南腔北调集》的。他有点愤世嫉俗，激动的时候声音很高。晚上睡得很晚，话也多，我们不免是彻夜长谈。聊着聊着，说起大连的情况，知道他住在一个什么街道，我便问，是否认识我的姨父。他得知后，脸上的笑容突然消失，说自己就是毁在我姨父手中的。我问之，他不答，随后不再和我说话。多年后，我问姨父，何以伤害此兄。才知道，此兄插队后，家里被街道一个男子盯上，赵兄过节回家，怒打了那人，姨父恰在这个街道负责治安工作，便以扰乱治安为由，将其关了多日，不久逐出大连，遂不得返城。知道此事后，我的心有点五味杂陈，不知道说些什么。此后再也没有见到这位有才华的老兄，他的工作怎样，身在何处，更就无从知道了。

住招待所的日子，对我来说有点奢侈的感觉，伙食是乡下难比的，还能够看看电影，环境比较轻松。邮电局有个发报员何兄，经常到招待所看望朋友，渐渐地就熟悉了。他的父亲是县里的第一任书记，后来调到外地。何兄留恋辽南这方水土，没有随父母走。他喜欢写诗，阅读面也广，家里聚集了一批文学青年。而那时候几个从大连来的知青，常到他那里小聚，也因此，我的朋友圈变得大了起来。

那时候喜欢写诗的青年，崇仰的是贺敬之、郭小川，所以写作的时候，多少带一点类似的调子。不过私下里，众人还是欣赏雪莱、拜伦、普希金、艾青、穆旦，只是不太敢用那些翻译的调子泼墨为文。何兄家离招待所近，是一个独院，日式的房子很讲究。我在大连的时候，就见到不少军队家属，也住这样的房子。何兄并不因为地位与我们不同，而有丝毫的傲气，谈起话来，是平和的。他对于流行的写作，已经有所警惕。我们平时在乡下，十分闭塞，倒是他这样的人，触摸到了时局的某些神经。

在县城的日子，认识的诗人还有几位，大连知青巩兄给我的印象最深。忘记怎样认识他了，好似也是在何兄那里见过几面，后来我去大连读书，还多次去过他的家。他那时是大连地区最有名的诗人之一，其作品《早》发在《辽宁日报》上，一时引起轰动。时逢农业学大寨的时代，乡土与革命成为一体的存在，但不是人人会融会那种文体与生命体验，他却是有些游刃有余的。巩兄的诗歌带有民谣体的样子，歌颂的是农民披星戴月劳作的精神。读其文字，和他的气质很像，没有我们这些人的书生气。他那时候在乡下担任行政工作，可以说是个文武双全的人物。文字与乡俗诗歌关系很近，但无八股之气。他既懂得诗文之道，又谙熟世俗，但后者在其作品中不易找到。几年后他考入辽宁师大，主编了《新叶》杂志，提倡朦胧诗，并刊发了徐敬亚的《崛起的诗群》。那才是他的审美的本色。而在辽南插队的时候，许多思想都是被掩埋在草地与野径里的。

每一位朋友都是一本书，现在想一想，有的都可以写到记忆的段落里。从此知道，要到外面的世界，寻找更多的高人。我其实很长时间并不了解城里人的日常生活，倒是对于一些缥缈的东西有点兴趣。有朋友讽刺我不食人间烟火，那也不错。在县城的遇合，我最大的收获是，开始思考着过去从未思考的东西，通过那些朋友的言谈，知道自己更需要的精神在哪里。瓦房店真的像一个驿站，传递的是远边一些神异的声音。

那是个什么样的声音呢？我说不清楚。只是每次走在县城的路上，有一种带声的画面晃动在眼前，犹如工厂上空飘动的蒸汽。雪莱在《赞精神的美》一诗中所说的"渺冥灵气的庄严的幻影"，就是这样吧。记得有一年我从这里的火车站转车北上，穿过长白山脉的时候，见草木苍翠，流水潺潺，内心有些激动。在拜访千山古庙的日子，在流连于沈阳北陵的大学时代，我才知道外面的世界是如此神奇与广大。此后我走过了许多村落，看过了无数的城，也结识了诸多有趣又有智性的人，渐渐知道自己该做什么，不做什么。故乡教给我的重要精神，便是不要满足于在狭小的圈子里，世界很大，囚禁自己，感受不到辽阔之美。遥想荀子当年警告世人的话："凡人之患蔽于一曲，而闇于大理"，那是对的。

小漳河通向大海

不管它流到哪里，终究会和其他一些河流汇合，流入更大的河流，最后百川归一，奔向国营。

刘建东

母亲说，从东清湾到苏庄，有十里地。十里，对于一个四岁的孩子来说，太长，太远。记忆的碎片总是在生活的缝隙中呼啸而过，母亲、我和弟弟，坐在驴车上，从东清湾村东头的家里出发，穿过横贯村子的乡村公路，再由村西口拐上北上的小路。

这条路全程都是土路，坚硬，坑坑洼洼，弯弯曲曲，两旁则是长满野草的沟壑和成片的麦田。1971年的阳光，狂野、明亮，风一样在平原上掠过，稀疏而翠绿的麦田闪着青幽幽的光芒。赶着驴车的是我的舅舅。那时候他还是个不到30岁的小伙子，对自己的未来充满焦虑。

一

故乡，在最初的记忆里，从东清湾到苏庄，南北相望，只有十里，被一条蜿蜒的乡间土路贯穿着。目光向西眺望，便能看到明显隆起于平原的河堤，绵延向北，一直尾随着我们。

我感觉河堤也在跟随着我们的节奏在奔跑，似乎比毛驴跑得更快，一旦毛驴停下来，河堤也就停下脚步，对我们虎视眈眈，窥视着我们，仿佛在催促我们快走。河堤上稀疏的树木，抬高了河堤的高度，形成挡在平原上的一道屏障，让我对河堤之外的世

君自

界充满了幻想。

年轻的舅舅说，河堤比我们走得更远，走向更宽阔的河流，然后奔流到海。我不知道更广阔的河流是什么，我更不知道，海在什么地方。舅舅的目光投向远方，仿佛他的视线能够越过高高的河堤，看到他说的一切。后来我才知道，河堤的中间是一条河流，名叫小漳河。也是后来我才知道，我的故乡位于邢台隆尧县东部，是典型的内陆村庄，两个小村庄，相隔十里，位于隆尧县的最东端，沿小漳河东岸，南北相望。

东清湾在南，我的出生地。苏庄在北，姥姥家。小的时候，故乡就是这十里长的长度，是一个村庄通向另一个村庄的漫漫长路。小漳河发源于邯郸的鸡泽县，从莲子镇闫庄村进入隆尧境内，纵穿隆尧县东部，沿河分布着大大小小的村落，星罗棋布，守望着流淌不息的河流，诉说着有关时间的传说与记忆。

而我熟悉的村庄，东清湾、舍落口、毛尔寨、苏庄，由南向北，依河而生，它们在我故乡的十里记忆中，缓慢，悠长，与驴车碾压过的土路一样，泛着苍黄的光。舅舅说，隆尧是中华文明的发祥地之一，上古时此地称大麓，尧帝初受封之地，后因水患频发，才迁都于平阳（今山西临汾），大麓山后改为尧山，东汉年间建尧祠，成为历代祭拜尧帝的圣地。

直到今天，我一直无缘登临尧山，只是远远地看到过它俊秀的身影，南部华北大平原平坦辽阔，唯有至此，突然隆起尧山这座奇峰，甚是神奇。

隆尧的历史掌故远不止此，后来我在写作长篇小说《一座塔》时，便把故乡作为小说的地理背景，那些我熟悉的地名也顺理成

章地出现在书里，成为串联起故事和人物不可或缺的一个符号，一份纪念。

二

　　离开，是母亲心头的一块心病。而离开，似乎也是上世纪七十年代贴在故乡人身上的一个显著的标签，飘荡在贫瘠的土地上。母亲不断地向远在他乡的父亲抱怨，某某一家搬到了邢台，某某去了太原。

　　我六岁那年，母亲的抱怨变成了现实，父亲转业到了邯郸，我们全家相继离开了故乡。我们成了较早离开故乡的一家人。我不记得我对故乡有什么留恋，坐在向城市快速奔跑的汽车上，我反胃，呕吐得厉害，阳光暗淡，乾坤颠倒。

　　我这才开始留恋驴车的速度，在恍惚的目光中，我依稀能看到，我们仍然坐在逶迤前行的驴车上，赶车的仍然是对未来充满疑虑的舅舅。只是，那驴车越来越模糊，越来越远。

　　每年暑假，因为父母忙于工作，我和弟弟都会被送回老家，享受夏天的自由。邯郸到隆尧，距离更远，路途更长。每次返回故乡的路途，都是一次身体上的考验和煎熬，晕车是一个难以克服的麻烦。父亲说，这是因为我闻不了汽油味。

　　十八岁以前，乘坐烧汽油的汽车对我来说就是一场噩梦。后来我才知道，这和汽油没多大关系。先是乘火车从邯郸到邢台，这是段愉快的旅程，除了能够欣赏窗外的美景之外，还能吃到火车上可口的盒饭。

下了火车，从邢台火车站步行穿过卧牛雕像，在邢台汽车站等待发往东清湾或者苏庄的汽车。记忆中的邢台汽车站，等车的人们并不都是一脸喜悦之色，反而显得倦怠，脸色灰黄。

我想，或许这与我对即将开始的恐怖的晕车之旅的担忧有关。它们使我的意识定格在随后漫长的反胃过程中，记忆便有了气味和颜色。从那时起，我恨透了汽油。没有想到的是，命运真是捉弄人，我大学毕业后，被分配到了炼油厂工作，专门生产汽油的工厂。

偶尔舅舅来接我们。舅舅如饥似渴，返回时，他的背包鼓鼓囊囊，里面装满了从我父亲那里搜罗到的医学书。母亲说，舅舅正在向当医生的姥爷学医。那些书把他的肩膀压出了血印子，大汗淋漓，可他脸上却洋溢着笑容。这个时候，焦虑正从他的脸上溜走。

在驶往邢台的火车上，在隆尧县城等车的过程中，舅舅便迫不及待地拿出书读起来。我疑惑地问舅舅，有啥好看的。那时候，我和弟弟只对小人书感兴趣。舅舅笑着对我们说，还记得我给你们说过的大海吧，只有多读书，才能看到大海。我和弟弟，并不懂舅舅的话。

三

那个年纪，我们对海没有任何概念，我们只知道小漳河，只

君自

知道那条贯穿我们整个童年的河流。在我的童年印象里，觉得所有的村庄都必须有河流相伴。没有河流，怎么会有村庄？它们就是一个生命的两种形式。

姥姥家在村子的西头，站在大门口就能看到河堤。它直直地横亘在视线的前方，让我一度觉得，那就是世界的尽头。跟着表哥，顺着弯弯曲曲的田埂，顶着日头，根本不顾及强劲的阳光暴晒，向西走一里地，便来到了河堤下。每一次，站到河堤下，我都担心，河水会不会从高高的河堤上倾泻而下，把我吞没。而每一次，河堤都那么安静，无声无息，听不到一点水声，我都觉得逃过了一劫。

舅舅却说，没有人能够逃脱水的惩罚。他说，1963年夏天，大水发了疯一样，突然性情大变，愤怒地从河道里奔涌而出，像是一条巨龙冲出了龙宫，在一览无余的平原上横冲直撞。水龙掀翻了树木，冲毁了村庄，卷走了庄稼、猪羊，也毁灭了人们赖以生存的一切，希望也随着大水滚滚而去。

唯有一幕令舅舅终生难忘，随着大水而来的鱼群，黑压压的，不像是被送过来的，反而是鱼群牵引着洪水，来到了他们身边。他从来没有见过那么多鱼，它们成群结队，借着水势，在浪头间翻滚跳跃，被冲到他们避难的房顶，跳到他们身上，像飞鱼般从他们头顶飞过，舅舅的艺术想象力在那样的时刻得到了充分的发挥。舅舅说，随手就能抓到鱼。他似乎觉得，整整一个夏天，鱼的腥气都弥漫在村庄上空。

我不知道，1963年的洪水，在他以后的写作中有没有涉及。而舅舅对于生活的艺术想象，始于河流，也终于河流。

小漳河的河道从那之后便慢慢地抬高，形成了远高于地平面的高高的河堤。1963 年，刻骨铭心的洪水也耽误了舅舅的婚姻，让他在推迟到冬天的婚礼上，仍然心有余悸，脑海里似乎还有洪水的咆哮声。舅舅一生不再吃鱼，对水产生了恐惧，可是他仍然没有放弃对于海的向往。无论早晚，舅舅每天都坐在院子里捧着中医书，废寝忘食。

在我的印象里，舅舅很快就能替姥爷接诊，给头疼脑热的乡亲开点普通的药。每当乡亲们拿着用白纸包着的药片走出去时，他们听着舅舅安慰的细语，病恹恹的脸上都挂着欣慰的笑容。所以，从那时起，我就坚信，舅舅的命运注定与这个小村庄紧紧地连在一起，而他一定会是一个好的乡村医生，给村子里需要他的人送去安慰。

河堤上，树木零零落落，大多是槐树和柳树，树叶卷曲着，被阳光晒得无精打采，垂头丧气。蝉声聒噪却格外响亮，此起彼伏，一直传向河堤的远方。想找到一小块阴凉都很难。河道并不宽阔，仅十几米。河堤像是被艳阳蒸熟了，呈 U 形翻卷着，如同一块厚厚的面包片，牢牢地托举着河水。在河堤的中央，河水并不像舅舅说的那么暴躁易怒，它安静地流淌着，甚至有些懒惰，像是睡着了，如果不是波光粼粼映入眼帘，还以为这是一条止水。

河水由南向北流。水面上的光亮是连缀在一起的，一片推着一片，细碎而紧密，相拥着奔向远方。舅舅说，小漳河是一条小河，不管它流到哪里，终究会和其他一些河流汇合，流入更大的河流，最后百川归一，奔流到海。站在河堤上，好奇地向北眺望，阳光下，远方的河面如同铺满了水银，在最热的季节，水面上流动的光是冒烟的。我不知道河流会流经多少里地，多少个村庄，才能流到舅舅所说的大海里。

四

也许人生并不像我想象的那么过于简单，就像小漳河一样，会有大大小小的支流，或者它就是老漳河的分支。如果说，当一个乡村医生只是舅舅的权宜之计，七十年代末期，舅舅好像突然找到了崭新的人生目标，在自己命运的河流中，开足了马力，开始起锚远航。他又开始往返于邯郸与隆尧之间，当他踏上去往隆尧的归途时，他的肩上背着的是更大的包，里面装满了书，这次的书并不是有关医学的，而是数理化，是能够帮助他考上大学的书。

舅舅兴奋异常，仿佛他已经看到了自己的前程，看到自己已经从小漳河里游出去，游进了奔向大海的河流里。我的母亲，总是指着光着膀子读书的舅舅，教训我和弟弟，"你们看看，你们看看，啥叫用功。"

命运显然是个爱开玩笑的家伙。正当舅舅全力向新的目标冲刺时，命运在他的肺上偷偷撒了一点盐，给了他重重一击。他得了肺病，入夜，微弱的光是从舅舅的屋子里渗出来的，拖曳而犹疑，当断断续续的咳嗽声紧随其后，高低错落地漫溢而出，与昏暗的灯光纠缠到一起时，浓重的夜就显得惶恐不安，窗户颤抖不已。

在舅舅与命运做着顽强的搏斗时，我和表哥正在村外的池塘里肆意挥霍着我们的假期。因为水的存在，假期充满了阵阵凉意。

上世纪七十年代，隆尧县苏庄周围，遍布着大大小小的水塘，其中最大的一个位于村子的中北部，被众多房子半包围着。水塘呈圆形，占地有十几亩，水深不见底，它是镶在苏庄胸口的一个大大的银盘。这是唯一一个我们不敢下去游泳的水塘。有关水塘里淹死过人的说法，让我不敢靠近塘边，害怕一不小心滑进塘中，丢了小命，成为硕大银盘里的装饰。

村西南是我们的乐园，一些更小的浅池塘，相互依偎着，一个连着一个。塘里长满了芦苇，仿佛天生是为孩子们准备的。戏水、打闹成了夏天的主要内容。白日里，当舅舅学累了，他就从屋子里踱出来，伸伸懒腰，卷上一根烟，点燃，眯着眼狠狠地抽一口，猛烈地咳嗽几下，然后才看着晒得黑中透亮的我们，他说，以前水更多，在更早的时候，隆尧有华北平原最大的湖泊，名曰大陆泽，方圆百里，烟波浩渺，无边无际。

我问舅舅，大陆泽比海还要大吗？舅舅看着天，摇摇头，说大海更辽阔，只有天空能够超越大海。我看着他瘦瘦的手指，因为长期抽烟而变得焦黄。小时候，我总是觉得，即使他不抽烟的时候，他的手指尖似乎也飘出淡淡的烟雾。

当然，还有小漳河。我犹豫地站在河边，看着表哥他们在河里游到对岸再游回去，如鱼一样悠然自得。本来，阳光是平铺在水面上的，似是有着一定的重量，压制着河流，河水在耀眼的阳光下舒缓地滑动，被阳光轻抚之后的河水，如缎子般柔美洁净。

君自

由于表哥他们的侵入，水面上的阳光慌乱地散开，细细地碎裂。

经受不住表哥的鼓动和言语刺激，我胆怯地下了水，在边上试着扑腾了几下，还好，脚能够得着河底的淤泥，我便放心地向河中央移动。突然，脚下已经没有了依托，身体便快速地下坠。河水瞬间淹没了我，我本能地向上张开双臂。

那一刻，蓝色的河流快速地变黑，小漳河向我展示了它的另一面，危险且血腥。有很多年，这一场景都出现在我的梦里，而我一直在梦境里寻找一只手。这只手确确实实地在现实里挽救了我。这只手把我从河底危险的阴影中拖了出来。把我拖上来的是我们本家的一个大辈儿，是个哑巴，我应该叫他爷爷。我的大脑有些缺氧，我看到的是他的笑脸。他松开了手，我快速地挪到河边，趴在河边惊魂未定。

这是我与小漳河的第一次亲密接触，它便给了我一个下马威。那之后，不会水的我再没有勇气下河。通常我只是站在河边，看着平静的流水，琢磨不透水面之下，为什么会暗藏着诸多的杀机。

还有，小漳河还有更加难以发现的一面。我们得到消息时已经晚了，村西的路上，开始有人陆陆续续地返回，他们的脸上都洋溢着收获的喜悦，都手拿肩扛着各式各样的袋子和盆子，里面装满了活蹦乱跳的鱼。

丰收的人们迫不及待地传递着一个信息，小漳河"翻河"了，搁浅的鱼都往怀里跳。我和表哥匆匆跑过去，看到从未停歇的河水竟然神奇地消失了，河底只残留着没过膝盖的水。河床裸露着，灰秃秃的，显得疲惫，且丑陋不堪。

河道因为拥挤的人流，而变得狭窄。人声鼎沸，到处是摸鱼的人。淤泥并不能掩饰每个人脸上的喜悦、渴望与失望。这简单的不劳而获的欲念直白且明确。我和表哥一无所获，我们全身是泥，万分沮丧地进了院，在院子的中央，却意外地看到了一个放满了鱼的盆子。哑巴爷爷站在盆边，笑嘻嘻地看着我们。

五

每当我想到故乡，想到在我记忆里留下的为数不多的片段时，总能想到舅舅，想到他瘦弱的身躯，他的咳嗽声，他黑而密的头发，他焦黄的手指，以及他慢条斯理的声音。当然还有他对文学的执着。克服了肺病的干扰，舅舅如愿考上了邢台师专中文系。不知道是中文系的学习环境勾起了他对文学的热爱，还是生活本身给了他更大的触动。他开始用文字记录生活，用文学表达他的精神世界。

直到很多年之后，我才明白，更多的时候，舅舅是生活在他的精神世界中的，他向往着那个能够超越他生活本身的世界，向往着大海的方向。

有一个画面在很长时间都定格在我的脑海中。夏日，忙碌的繁星挤满了无垠的夜空，我躺在院子里的凉席上，眼睛在天空中搜寻着流星。大人们聊天的声音穿透干热的空气，飘到我的耳朵里。那是舅舅和小姨的对话，他们在讨论着一件事，有关舅舅的笔名，"流水边"，这是舅舅给自己起的笔名，他在向小姨解释着这个笔名的多重含义。小姨对这个笔名大加赞赏，觉得贴切。

在舅舅的意识里，小漳河已经成为他文学的意象，成为他思想和文字的河流，而他就是那个在河边默默耕耘的写作者。

那时候，舅舅开始迷恋写作，他从养育他的土地和河流中获得了灵感。我记得那些绿色方格的稿纸，厚厚的，夹在他被香烟熏黄的手指间。但是我从来不知道他写了什么，不知道，这片尧帝曾经生活过的土地，在他的笔下，是什么样的面貌。但是有一点我是清楚的，他爱着这片土地，用他虚弱的肺呼吸着它，用他智慧的思想触摸着它，并不停地用满怀激情的文字书写着它。

毕竟，这是他最熟悉的土地和河流，是他恋恋不舍的地方。所以，当他大学毕业，本来有机会永远地告别乡村，留在城市工作时，他选择了回乡。

在他的心中，隆尧不再只是他的故乡，而是他生命中的一部分，是流淌在他精神里的血液。他成了千户营乡学校的一名乡镇教师，他每天骑车十几里地，往返于苏庄与千户营之间，风雨无阻。

从苏庄出发，破旧的自行车在坎坷的土路上骑得并不快，这也许给了舅舅更多思考的时间，去思考写作，思考人生，思考通向大海的方向。中途必定要穿越小漳河，横跨在河上的是一座尘土飞扬的木桥，这是方圆几十里，连通河流两岸的唯一的桥梁，不时会有车辆和人流从桥上经过，舅舅不过是汇入车流和人流中的普通一员。

桥桩上的木头经风吹日晒，布满了狰狞的裂纹，枯干衰败，如垂暮之人。穿过这座桥，一直向西就到了千户营乡，向北越过隆尧县境，进入宁晋县域，能够到达我三姨家耿庄桥镇，在那里，我曾经站在地头，看三姨弯着腰采摘棉花。

舅舅的一生，平淡无奇，做了一辈子的教书先生，他始终没有离开隆尧，他的故乡在他的心里。没有人知道，舅舅的写作之路持续了多久，在以后冗长而寡淡的生活中，我想，对于文学的激情总会过去，这才符合生活的常理。

在我的印象中，舅舅的作品没有公开发表过，那些绿色格子的稿纸，布满了他经过思想过滤的词句，凝结着他心血的故事，却永远隐匿在时间的尘埃中。可是，我从来没有听到过他的抱怨。或者，那些文字本身就是他生活中不可缺少的一部分。整个一生，他也没有见过现实中的大海，从小漳河出发，越来越汹涌的河流的梦想之地，只在他的文字和想象中，蔚蓝或者浩瀚。

很多年之后，我从炼油厂调到《长城》杂志社工作，副主编关汝松曾经在隆尧县文化馆工作，我向他打听我的舅舅。他竟然知道，他说，我舅舅是文化馆的常客，是写作小组的积极分子之一，而舅舅究竟写了些什么，他也忘记了。

实际上，在以后漫长的时间中，去追问舅舅究竟写了什么，已经不那么重要了，重要的是他曾经有过一个梦，那个梦，让他的思绪，能够在他往返于苏庄与千户营的漫漫路途中，超越不断腾起的尘烟，到达他思想可以企及的天际。

北大荒的前世今生

阿成

这些神奇的画面和美丽传说

就是一种无形的召唤和激励。

说到北大荒的前世今生，我还是先讲几个历史小故事。我曾经看过一本儿《北徼纪游》。这本书就是被喻为"吉林三杰"之一，清朝时任随办文案兼交涉外事的宋小濂写的。当年宋小濂追随李金镛奔赴漠北，当他看到北大荒大片肥沃的荒地时，在书中说，"谚云，土壮民肥。斯言也，千古不易。然非有人以垦辟之，种植之。则土虽壮亦无以自见。自齐至墨路中，揽辔遥望东南一带，膏壤平原何止千里。设招徕生聚，通商务，将不数年间，连阡接陌，荒芜尽变为丰腴。实边富国之策，孰愈于是？惜置为闲田，一任荒草迷天，寒烟锁地，曾无过而问者。噫嘻！地亦何不幸至此哉。"显然，这是一位有政治远见的官员。宋小濂在这本书中还写到了那些仁人志士在屯垦戍边时候写的豪迈篇章，如"汗马功名安在哉？空随大将逐边埃。未终投笔封侯事，又做摸金校尉来。雪岭朝横人迹渺，江水夜渡马蹄催。前程正远休言苦，热血从来满壮怀。"李金镛积劳成疾吐血数升而死后，追随他的僚友们写的挽联更是令人动容："相随南北奔驰，历数万里旅途，同尝辛苦，何遽人天隔绝，承十余年知遇，倍切伤感；万里筹边，肩承基业，三年报最，目睹未能，是吾伯终遗恨；半生湖海，谬落青垂，顷刻人生，空瞻碧落，问我行此去谁依？"宋小濂的挽联是："忠勇从血性而来，走万里奇荒，开一朝美利，何意大勋未集，尽瘁经终。纵报国有心，只剩英魂依北关；姓字忝门墙之末，受

君自

八年知遇，才两载追随，回思训诲毅勤，栽培优渥。恨酬恩无日，徒教痛苦过西州。"

读这些挽联总是让我眼含热泪，顿生无限的崇敬。自此后，我每到北大荒的时候总会不由得想起这些如同黄钟大吕一般的诗句。顺便说一件小事，去山里的时候，我看见伐木工人每天早晨出工前都要祭拜李把头。我问，李把头是谁呀？他们说，李大人，李金镛啊。同样，有一年我去汤旺河金矿看到，采金人在摁硐前（即挖矿井）都要顶拜李金镛的亡灵，他们在一根木棍上系上一块红布作为李金镛李把头的像（不同的是，伐木工人是用几块石头代替他们崇拜的偶像），最早的时候是磕头，现在已经改为鞠躬了。就是这样的爱国情怀滋养着一代又一代垦荒人，成为他们报效祖国的精神动力。

长篇小说《雁飞塞北》的老作家林予先生和我是忘年交，他曾跟我说，他的长篇小说《雁飞塞北》曾经影响了全国许多热血青年奔赴北大荒来屯垦戍边。我曾在老作家郑加贞先生写的《北大荒移民录》当中看到林予先生当年在北大荒以人代牛耕作的照片。照片里那些衣衫褴褛的汉子，大多是转业到北大荒的军人。除了《雁飞塞北》，还有散文集《雁窝岛》《漫游乌苏里江》，电影《北大荒人》等一系列文学影视佳作成为北大荒精神的文化证明。想想看"棒打狍子瓢舀鱼，野鸡飞到饭锅里""这里的土地肥到了家，插上根筷子会发芽"，这些神奇的画面和美丽传说就是一种无形的召唤和激励。就是现在，老汉我依然想着什么时候再去北大荒看一看。

神奇的土地上

早年的"北大荒"，是指中国黑龙江省北部在三江平原、黑龙江沿河平原及嫩江流域的广大荒芜地区，总面积 5.53 万平方公里。北部是小兴安岭地区，西部是松嫩平原区。这里自古以来就荒凉，无人开垦，北宋的女真人就在这片黑土地上生存发展。清王朝为了巩固祖先的龙脉，严禁汉人进入东北地区，这样就使得边境千里人迹罕至，荒无人烟。上世纪五十年代，数万名复员官兵来到"北大荒"，将黑土地作为一个他们面对的新的特殊的战场。

当地的朋友曾给我讲了这样一个小故事，大批复员军人开进北大荒的时候，一辆满载着各种器材的卡车要经过一座陈旧的木桥。这座木桥已经摇摇欲坠，能否经得住卡车的重量，谁的心里也没有底儿，后来他们从劳改营里找了一位国民党的桥梁专家。这位桥梁专家上上下下把整个桥勘察了一遍之后，说，可以通过。劳改营的管教对这位桥梁专家说，你知道你这话的分量吗？如果整个卡车掉下去了，知道你要负什么责任吗？桥梁专家说，我知道。卡车在桥梁专家的指挥下开始慢慢地过这座危桥。卡车驶上木桥的时候，整个木桥都在晃动，并发出了令人提心吊胆的咯吱咯吱的声音。当卡车刚刚驶过这座桥，轰的一声，整座木桥瞬间坍塌了。

是啊，就是这一代又一代的垦荒人在这片"严冬则雪高盈丈，马死人僵，夏秋多虫，塞耳盈鼻，起居服食，无一不难，无一不苦……"（李金镛语）的土地上开垦荒原，建立一个又一个国有农场、军垦农场，把"荒芜万里，寒烟锁地"的"北大荒"，建设成了世界闻名的"中华大粮仓",为保证共和国的粮食安全作出了了不起的贡献。

这里真是一片神奇的土地。说到神奇的主题,不仅这里生产的大米、高粱、玉米香喷喷的,包括这里的蔬菜鸡鸭鱼肉都天然具备上乘的品质。

有一年,天津的一家杂志社组织部分作家去黑河,我也忝列其中。这些来自全国各地的作家,在离开哈尔滨前往黑河的路上,看到大片的土地上几乎没有村落,非常惊讶,一路上赞叹不已。有一个小插曲,途中在一家饭店吃饭的时候,主食是大米饭,他们都嚷着这大米太好吃了。我却不以为然,说,这大米还算好吃吗?他们说,阿成啊,差不多得了,这大米还不好吃,还想吃什么样的大米呀?我说,主要是你们没吃过黑龙江上好的寒地大米,你们还没到黑龙江的雪水温村去,到了那里你们会以为是到了神仙福地了。

雪水温村紧临着黑龙江,江上有一个孤岛。新中国成立之前,这个小岛是一些中俄赌徒经常去赌博的地方。因为这个小岛就在中俄界江中间,并不允许农民耕种。朋友开摆渡船的大哥悄悄地在这个岛上开了一点点荒地,种了黄瓜、茄子、土豆和西红柿,种上了之后就不再管它了。我们到岛上去野餐时,惊讶地看到那儿的茄子、柿子、黄瓜长得又大又粗,吃上一口,爽味十足。有人说黑土地上插根筷子都能开花,绝非庶民信口夸张也。也难怪宋小濂先生当年路过此地,"揽辔遥望"时,有如此的感慨。

淳朴的北大荒风情

由于历史上黑龙江属于孤悬绝塞、寒烟锁地的地方。外乡人到了这里，如果错过了宿头，随便去陌上的哪一户人家都会热情地款待你。早年时就有这么一句顺口溜，"发财，发财，大馒头拿过来。"某年，我开卡车去明水，途中遭遇大暴雨。当年黑龙江的路都是沙石路。这样恶劣的天气，车辆一律禁止通行。卡岗管事的叫刘屯。我们怎么央求刘屯兄弟，他也不让我们车过。他说，这路是"打人民战争"修起来的，不易呀。大卡车一过就把路面给毁啦。没办法，我们只好住在他的房子里。给我深刻印象的是，这幢房子里有三口大缸，一口是咸菜疙瘩，一口是渍的酸菜，另一口大缸装的是小米儿。显然，这是给我们这号人预备的。伙食是咸菜疙瘩、渍菜粉儿加小米饭。一个人一天两块钱。

还有不收费的。某年我在山里采风时，看到山里人家的一位妇女正在院子里摊煎饼，我便过去看。那位妇女说，吃吧。说罢给我卷了一张煎饼。可真是香啊。我要付钱，她却说这怎么能要钱呢？这样淳朴的风俗，久而久之逐渐地沉淀成一种地方的文化了。

或者正是这些北大荒的传说，省外的几个文友想去神奇的北大荒看一看。这是多年前的事了。他们希望我能够给他们创造一次机会。要知道，这些人是作家、诗人和散文家，个个都是勘察世道人心的高手，然而，他们却不知道我这样的一个小小的作家哪里有这样的能力和本事呢？这分明是组团"绑架"可怜的我哟。不过，我终究是品味出他们对北大荒的那份无法遏制的向往之情。

咋办？实在是没办法了，我便厚着脸皮给当时的副省长写了一封求助信。在信的结尾我连写了三个"顿首，顿首，再顿首。"不知道是吉人天相，还是被这些作家们向往北大荒的热情所感动，这位副省长居然把我的信转给了北大荒集团的领导，让我们得以成行。我想这也应当算是龙江风情之一种吧。

北大荒之行

那一年，我们到的第一站是佳木斯。佳木斯曾经是黑龙江生产建设兵团总部的所在地。三十年前的一个冬天，我曾经和另一台车到过这里，一路上全都是盘山道，有道是"十八盘，盘盘险"。由于地面全是冰雪，加上太阳一照，上面的那层雪化成了冰壳，像镜子面儿一样滑。前面的卡车一刹车，立刻在盘山道上来了个三百六十度大旋转。太惊险了。山路右边是万丈沟壑。车转停下来之后，车头居然神奇般地冲着前行的方向。如果车头冲着盘山路的下方，冰雪路面儿的窄路上根本无法调头，卡车就得开到山下重新上山。而现在，去佳木斯全都是平坦的高速公路。

由于我们出发较晚，只能在得莫利吃午饭。曾在十五六年前，我和几个文友开着一辆破上海牌轿车还专程去得莫利吃过鱼。当年得莫利的名气还没有现在大，且只有一家得莫利鱼馆，一个马厩式的大厨房，盘子是那种放茶杯茶碗的搪瓷盘子，直径至少有两三尺。一共是两条大鱼，每条鱼都有三四斤重。加上豆腐、粉条和红辣椒，粲然锦色，满满一大盘子。不要四个碟子八个碗了，这一个菜就足够几个人美美地饱餐一顿。远远地就看到若干个"得莫利鱼"的招牌，且都是二三层的楼。盘子依旧是铁盘子——或是在保持这样一种粗犷的风格。我们依然要了两条大鱼。不知道为什么，我总觉得味道不及当年。是味道变了呢？还是舌头忘本了呢？这些作家们各个吃得津津有味。

晚上下榻在垦区驻佳木斯办事处招待所。

"佳木斯"，原名"甲母克寺噶珊""嘉木寺屯"，是满语，意译为"站官屯"或"驿丞村"。解放战争时期，佳木斯被誉为"东北的延安"，是东北全境解放和解放战争胜利的革命根据地。位于松花江、黑龙江、乌苏里江汇流而成的三江平原腹地，是中国最早迎接太阳升起的地方，故称"华夏东极"。

晚上，垦区几位知名的老作家已经在宾馆等候着我们了。我是第一次见到老作家丁继松先生。在我还是少年时就看过他写的那本《漫游乌苏里江》，这本书至今我还保存着，是用彩色的木刻画做的封面。北大荒的木刻画全国闻名啊。我时常会拿出来看一遍，直到今天也是如此。一晃就四十多年了，四十多年，这本小册子的内容仍然魅力不减。要知道这并不是每一个作家都能做到的。我在想，或者就是这本小册子让我开始向往北大荒。在招待所里，我和这位老作家紧紧拥抱，并谈了他的那本《漫游乌苏里江》对我的影响。丁继松先生也很感动。这位作家可是一位老垦区人了。很多作家都相继离开了这里，而丁继松先生始终留在垦区这片让他难以割舍的土地上。这是一个让人掏心窝子敬佩的人。

第二站是勤得利农场。勤得利农场紧邻着黑龙江。农场最为神奇的一景是无边际的矮棵紫色高粱和黄澄澄的谷子，就像那首民歌唱的："黄澄澄的谷穗儿，好像是狼尾巴。"一位早年曾经在北大荒生活过的朋友讲，当年他还是垦区的拖拉机手，春耕特别忙，晚上也得作业。他的助手是一个女知青，想方便方便。可是上哪儿去方便呢？黑灯瞎火的，哪儿都不方便呀。夜里又正是野狼出没时。没办法，他就把拖拉机的大灯打开照着这个女知青，女知青头冲着大灯蹲在地里方便。不然她害怕。不知道是不是因为这件事，后来他们结为了夫妻。

是啊，这时间要说慢真慢，要说快也真快，仅半个世纪余，北大荒已不再是牛犁人锄的原始耕作方式了，从育种开始，到夏锄、秋收，再到粮食加工，已经全部实现了数字化生产。而今，北大荒用于农业生产的飞机就有好多架，真是让人刮目相看。

我们到的时候正是夏末，看到勤得利农场在公路边儿上摆上了农场种的西瓜、葡萄、香瓜之类，无偿提供给过路的人。路过的人累了，坐在这儿喝口水，西瓜、香瓜、黄瓜、柿子随便吃，不要钱。我在想，这种待客的文化大约就是北大荒精神的温暖部分吧。

傍晚，农场招待我们去黑龙江边吃鱼。他们对文人的浪漫情怀真是了如指掌啊。

与其说这是一家鱼馆，莫如说更像是一处农舍。有船，有网，有栅栏院，有葡萄架，甬道两侧种的是黄瓜、茄子、西红柿、辣椒等各种菜蔬。这家馆子的特色是大铁锅炖鱼。大灶台、大铁锅、大肥鱼，用木柴烧。这一路上，北大荒的"大"字灌满了我的耳朵：大馒头、大饽饽、大饺子、大包子、大煎饼、大发糕、大老爷们儿、大老娘们儿、大丫头、大小伙子、大豆腐、大酱、大碴

　　　　　　　　　　　　　　　君自

子……哎呦呦，这大呀，在黑龙江数也数不清啊。记得有人在介绍黑龙江的时候就有"大"字：大界江，大湿地，大森林，大粮仓。

野生鱼，果然味道极其鲜美。吃过鱼后，主人再三希望我写一句话，笔墨已备在那里了。其实我并不会写毛笔字，盛情之下只好勉为其难，七紫三羊，浓汁饱墨，将"勤得利"三个字藏在其中，冒昧地写下了"天道酬勤，拼搏得利"。

翌日，应我们这一行文人的要求，去参观垦区的航空站。当时，航空站共有几十架飞机，其中有几架是从国外引进的"空中农夫"，专用于农业生产。这个飞机场地势辽阔，气派大焉。接待我们的同志说，咱们这个航空站在亚洲排第一，它不仅可以执行喷洒农药、人工降雨、救灾、勘测，而且在紧急情况下，还可以运输相关人员。"有一次中央的领导到垦区来，总局的领导来不及赶到垦区，就坐我们的飞机到垦区来的呢。"

在垦区，我们还参观了农业机械化展览场。看到了农垦机械化历史的发展进程，从最早的铁牛、"康拜因"（其实还应当加上一条，那就是人拉肩扛），一直发展到今天这种大型的、世界最先进的农业机械。在这里，我们感受到中国农业发展的科技力量和坚定前行的发展步伐。同志哥，当你平时享用着北大荒的大米、白面、豆油、牛奶，可曾想到过北大荒人所付出的辛勤汗水和巨大努力吗？我不由得吟诵了那首古诗，"锄禾日当午，汗滴禾下土。谁知盘中餐，粒粒皆辛苦。"

北大荒的"大"字说来也是科学发展的大，是不断创新的大气魄。诗人郭小川在他的《刻在北大荒的土地上》诗中写道："继承下去吧，我们后代的子孙！这是一笔永恒的财产——千秋万古长新；耕耘下去吧，未来世界的主人！这是一片神奇的土地——人间天上难寻……"

二十多年前，我曾经和朋友去过同江市的街津口。当年，这里还是一个小乡镇，虽说地盘小，但梦想大，人也豪放得很，热情得很。记得那一日吃过赫哲人丰富的鱼宴之后，我独自推开柴门，悄悄出去散步。在芜杂纵横的大野上，步行不足千米时，就听到了黑龙江的涛声，仿佛那滔滔的江水就在身边流过一样。我看到古老的码头与街市几乎连成了一体，是那样的自然、宁静，呈现出一幅水彩画般的温馨。在这里，我还观赏到了松花江与黑龙江汇合的场面。我在笔记中这样写道："黑龙江之滔滔而来的万顷野水，像是一条低吼着的黑色巨龙。而松花江到了这里，却变得异常温柔，清清亮亮的，俨然妩媚含羞的少妇。两江刚刚汇合到一起的时候，一江高，一江低，彼此簇拥着，倾诉着，一同往前奔去，最终融为一体。而遥遥而扩的天边那儿，正悬着一轮将落未落的红日。"

施施而行，款款而观。白云苍狗兮，多年后的赫乡与早年的赫乡完全不同喽，先前的简单与随意已被重组与改建。但无论如何，我毕竟又一次地体验了赫哲之风情，再一次地饱餐了赫哲人的生鳇鱼片，柴熏塔拉哈（鲤鱼）和炖牛尾巴鱼（近乎鲇鱼的一种），品尝了赫哲人自酿的野果酒啊。

时至今日，北大荒依旧给我许许多多的感慨，云海连着稻浪，千万条水泥路连接着北大荒每一个农场，有千山万岭镇守着北大荒这片神奇的土地，有亿万亩湿地滋润着北大荒；北大荒连天的

　　　　　　　　　　　　　　　　君自

沃野上有千河万水灌溉着北大荒的农田，百湖千岛装扮着北大荒的每一个地方，万里的森林给北大荒带来了丰富的绿色资源，更有几代垦区人为北大荒的明天奋斗着。北大荒的大气魄、大襟怀，真是让人感慨万千，难以尽述。我想着什么时候要再去北大荒看一看。

土地、河流赋予我文学意象

我

人生光阴的长河里，故乡是恒久的心底。

关仁山

一

我回望故乡时，故乡也在望着我。

我出生在河北省唐山市丰南区一个叫东田庄的小村。对于搞文学创作的人，故乡就是他思想和精神的源头。记得村头有几条灰色的小河交汇，我常到河里游泳逮鱼。小时候，有乐亭大鼓艺人来村里说书，有睁眼的，也有盲人。我们坐在村口老槐树下听书，是非常惬意的。我十岁那年，正在村里读小学，放学背着书包钻草稞子玩耍。蒿草高高的，没了大人的腰，我钻进去就没影了。母亲是种地能手，当过县里的劳动模范。听见母亲喊我，就从蒿草丛里钻出来，看见母亲领着一位手执竹竿的盲人，我一眼就认出是唱乐亭大鼓的。这位盲人给我算了一卦，算的细节记不清了，只记得瞎子说我长大"吃笔墨饭"。说完，母亲给了他一些黄豆和鸡蛋，瞎子给了我一根麦穗儿。我有些不解，险些把麦穗儿扔掉，母亲说麦穗儿能避邪，保佑我平安。

我在作品里多次对小麦进行描述，但并不知道，这就开始了对麦子的崇拜。对麦子的崇拜，也就是对土地的崇拜。说到土地崇拜，我有很多的经历。我记得家乡过去有一座土地庙，乡亲们都叫"连安地神"。我的故乡管地神叫"连安"。地神在民间被称为土地，而祭土之神坛则演变为土地庙。在民间驳杂浩繁的神圣家族中，土地神算得上是最有人缘的神了。村里可以没有其他神庙，但不能没有土地庙。土地爷神小，管的事挺多，庄稼生产，婚丧嫁娶，生儿育女，每天都忙忙活活。传说连安有着非凡的神力，手里有一个"麦穗儿"，他想去哪里，把"麦穗儿"往两腿间一夹，就像鹰一样飞去了。这根"麦穗儿"有非凡的魔力，举个例证吧，有一年大旱，人们到土地庙祈雨，一道白光闪过，连安手里的"麦穗儿"一挥，滂沱大雨就落下来了。这些传说，更加印证了小麦和土地的神奇。

我的眼前激起了种种幻象。传说中的连安手里的"麦穗儿"，总是表达出对小麦的热爱，对善的呵护，对恶的惩罚。人只有脚踩大地，才会力大无穷。我塑造的农民就找到了力量的根基。

很早就想写一部关于河流、土地、庄稼和新农民的书。大地上的万物最普遍之一就是河流，河流是土地的血脉。我的故乡唐山冀东平原有一条大河叫滦河。河水从草原而来，它既有生命，也有使命。它从草原而来，最后流入渤海。滦河是唐山最大的河流，两岸盛产麦子，船上装满了麦子，老百姓也称麦河。丰沛的水源，两岸泥土飘香，麦浪滚滚，麦子和土地在风中吟唱。这是我难以忘怀的生命景象。麦河游走于大山、平原和滩涂，使命平凡而神秘。它滋养了生命，同时诞生了地域文化。除了我向往的小麦文化，还诞生了唐山冀东民间艺术"三枝花"：评剧、皮影和乐亭大鼓。于是，我在2009年创作了长篇小说《麦河》。

1997年春风文艺出版社"布老虎"丛书出版了我的长篇小说《白纸门》以后，我就开始了《麦河》的写作，之后出版了《日头》和《金谷银山》。我的"农民命运三部曲"《天高地厚》《麦

河》和《日头》，是关于土地和农村的小说，分别由北京十月文艺出版社、作家出版社和人民文学出版社出版。三部作品在内容上没有什么连贯的人物、地点和故事，但题材是一致的，都紧紧抓住了当前农村最紧要的现实问题：土地流转、农民工进城、农村基层政权建设、乡镇企业的兴衰、招商引资和自然资源的破坏、拆迁和城镇化、传统乡土文化式微等等，中国农村四十多年来发生的所有阵痛与巨变——从家庭联产承包责任制到新一轮的土地流转，从农村衰败到社会主义新农村、城镇化建设——过去、当下、未来的三维空间都进入了作品。

二

我的一个堂哥回村搞"土地流转"，几次给我二叔做工作，二叔都不愿意把土地流转出来，谁也说服不了他。说到土地流转，二叔有好多担忧和困惑。他耕种土地，一头牛，一架铁犁，牛拉着犁，二叔扶着犁，一点点翻动着土地，配合是那样默契。二叔家的粮和菜都能自给自足，过着与"市场"无关的小日子，自得其乐。二叔对我说："别看你在城里住高楼，坐汽车，山珍海味吃着，我不眼热，哪如我这一亩三分地舒服？"可是，那年麦收，二叔赶着马车往麦场拉麦子，在河岸上与外地来的收割机相遇，不料马惊了，二叔从高高的麦垛上摔了下来，头朝地，后脊椎折了，当场就死了。这是怎样的交通事故？二叔的尸体放在丰南区的医院，事情迟迟不能解决。后来二婶找到我，我托在乡政府当书记的同学给调解了。拖了二十天，二叔终于入土为安了。

这件事情给我的震动很大，二叔满可以离开土地的呀……后来我明白了，他是一个小农业生产者。我小说中的老一代农民郭富九，就是一个颇有代表性的小农业生产者，他勤劳、俭朴、能干，满足于"分田到户"的传统生活。在农村改革不断深化，走向集中化、机械化的时候，他充满了抗拒、敌对情绪。这类农民是把土地当作命根的传统农民形象。从他身上，我再一次看到了像梁三老汉、许茂这样勤劳而又保守的农民的影子。此外，对土地感情深厚，反对儿子曹双羊胡折腾的曹玉堂，不也是这样的农民吗？

二叔下葬的第二年的清明节，我回故乡扫墓，给爷爷、奶奶的坟头烧纸。二叔没有埋在我们家族坟场，我顺便到二叔墓地烧点纸。二叔的坟头上有金黄的麦穗儿铺着，二婶说二叔死在麦收，坟头要铺满麦穗儿。坟前还摆着酒菜、水果。二婶和堂弟用土把坟堆填高，用铁锹挖一个圆形土块儿，做一个坟帽儿放在坟尖上，压了几张黄纸。二婶跟我说，她每到夜深人静的时候，就过来跟二叔说说话。我愣了一下，真的能说话？二叔能回话吗？二婶说她能听到二叔的答话。我淡淡一笑，也许是二婶的幻觉吧。这是我写瞎子白立国与鬼魂对话的一个启发。

小时候，我对乡村坟地非常恐惧。可是，这些人都是在这块土地生活过的人。他们曾经有血有肉，有叹息，有歌声。有一次，我陪同朋友到滦河畔的白羊峪村捡石头，那里河床的石头很有特点。听说到这样一个风俗：村里有点德行的人死了，就给捏一个泥塑立在坟头，这个泥塑就有墓碑的功能，比墓碑更形象传神。

这种带有魔幻色彩的说法，让我对乡村的生与死，有了新的理解，甚至减弱了对死亡的恐惧。小小的泥塑都活了，他们打着呼噜，他们谈天说地，他们为后人祈祷，饶恕一切，超越了时空。他们矗立在刺眼的光芒中，那是历史的复活，也是人性的复活。我被这个秘密感动着、鼓舞着。

这个民俗一下子让我找到了"诉说历史"的视点。让瞎子与鬼魂对话，虚实相间，增加历史厚度，还能节省篇幅。故乡的小村生产小麦和棉花，没有什么娱乐生活，农民天一黑就搂着老婆睡觉。偶尔会听鼓书，特别是乐亭大鼓，听一段评剧，耍一耍驴皮影，日子缓慢而枯燥。但是，一走到田野里去，看见了广袤的土地，一下子就来了精神。土地是物质的，同时也是精神的，让人感奋、自信、自尊，给心灵世界注入力量和勇气。正是这方土地、这条河水滋养，才有了民间生活的深切回应。我与乡亲们的来往中，有一种人情，一种温暖的乡村情感。

有一天，我做了个梦，梦见一只鹰嘴里叼着一根麦穗儿飞翔。苍鹰是麦河的精灵，麦穗儿是土地的精灵。这让我很兴奋，最初，瞎子只是书中的人物，我想用鹰的视角来叙述全篇。尝试写了一些文字，因为我把握不好鹰说话的语气和节奏，就重新启用瞎子来叙述，让老鹰虎子充当瞎子的"眼线"，替瞎子洞察这个五彩缤纷的世界。我熟悉鹰，也熟悉很多艺人，包括乐亭大鼓艺人，我还熟悉一些算命的盲人。工业化进程中，当人们用工业思维改造农业的时候，一切都在瓦解，乡村变得更加冷漠，最糟糕的是，过去相依相帮的民间情分衰落了，人的精神与衰败的土地一样渐渐迷失，土地陷入普遍的哀伤之中，瞎子白立国呼唤乡间真情，抚慰受伤的灵魂。

我记得台湾作家陈映真说："文学是使绝望丧志的人重新点燃希望的火花，使扑倒的人再起，使受凌辱的人找回尊严。"小说里的瞎子白立国就担负着这样的使命，他寄托着我的一些道德理想，他永远与弱者站在一起，让那些被欺凌被侮辱的农民得到安慰，找回属于自己作为人的尊严。我想他的力量来源于土地。

三

我的心情与农民种地一样，是在惶惑、绝望、希望中交替运行的。小说到底有没有面对土地的能力？有没有面对社会问题的能力？能不能超越事实和问题本身，由政治话题转化为文学的话题？三农的困局需要解开，我创作的困局也需要解开。

我走访中发现，农村的问题很多，农业现代化问题、土地所有权问题、农产品价格问题、农村剩余劳力出路问题、农村贫富分化问题、农田基本建设问题、农村社会保障问题等等。我感觉核心问题还是土地问题。这是一个敏感话题，农村走进了时代的旋涡。

我觉得，今天不存在一个整体的农民，农民个体身份在分化，每个农民就是他自己，他有选择的自由，他有权利迁徙到大城市，当然他也可以选择留在乡村。农民只想通过自己的劳动改变自己和子女的命运，任何人都不能扼杀他们的选择，凡是剥夺和扼杀，都是不义的。我们现在的农民也开始追求自己的幸福生活，他们需要城市，喜欢现代化，也喜欢美丽家园，更喜欢在蓝天下自由地享受生活。

乡土叙事还处在模式阶段，怎样才能找到适应新情况的新的写作手法，让我困惑。

我的故乡燕山那边的一个小村庄里，有身家几十亿的富翁，有中产，还有很穷的农民。这样的贫富差距，怎样概括它？这是一个严峻而复杂的问题。仇视城市吗？廉价讴歌乡土吗？展示贫苦困境吗？整合破碎的记忆吗？每一个单项都是片面的，应该理性看待今天乡土的复杂性。一切都具备不确定性，但这些流动的不确定的因素，也给我带来创作的激情，以我对农民和土地的深爱和忧思，描述这一历史进程中艰难、奇妙和复杂的时代生活。

农民问题不仅仅是农村问题，更是城市问题和社会问题。大量农民会一步一步走进城市，乡村也会变好。现在想来，大工业越发达，我们每个人的内心越想留住一片土、一片净土。这是一部土地的悼词，也是一首土地的颂歌！我想把人放逐在麦田里，让他们劳动、咏唱、思考，即便不知道前方有没有路，也不愿放弃劳动和咏唱，也不愿停止前行的脚步。我们富足了，土地付出了代价，一切物质的狂欢都会过去，我们最终不得不认真、不得不严肃地直面脚下的土地，直面我们的灵魂。我们说土地不朽，人的精神就会不朽。所以，我们有理由重塑今天的土地崇拜。

我到故乡唐山农村体验生活，得到了地方领导和乡亲们的帮助。麦收的时候，我到还乡河女过庄采风，看到了机械化收割场面。我是一边写作一边到农村里去，每次去都大有收获。回到书房写作的时候，内心像土地一样踏实、宽厚和从容。

故乡来   119

四

我感谢故乡的河流和土地，同时我感谢的还有冀中平原的白洋淀。

2017年夏天，我到白洋淀体验生活，创作三卷体规模的长篇小说《白洋淀上》。这次写作是长卷，各种困难横亘在面前。在千百种需要战胜的困难中，首先要战胜的是自己。因为故乡的目光一直投注到我的心里，写作与人民心灵息息相通，是我最为珍视的。因为经常生活在北京，从北京来看，河北的每个地方都是故乡。天外有天，淀外有淀。那里每一棵芦苇都精神饱满，那里有生命的哲学蕴含其中。

雄安新区的建设让人想到了一种奇迹，看不到借鉴，也看不到模仿。

我深入生活的村庄是白洋淀的王家寨，王家寨是白洋淀的唯一纯水村，村庄呈龟形布局，像一头老龟卧在水中，又像翡翠闪闪发光。王家寨有两个，一个是老王家寨，一个是王家寨民俗村。晨曦一点点亮了，两个王家寨都醒了，青蛙的哇哇声往往早于鸡啼。无论是王家寨人，还是外来游客，都在寻找王家寨的真魂，真魂在哪？

王家寨有年头了，也有来头。北宋时期，这里建起了一溜儿水寨，驻军防辽。原本的军事要地渐渐形成村庄，算来已有千八百年了。村子里流传着杨六郎抗击辽兵的故事，说得神乎其神。之后多少年过去了，芦苇割了一茬又一茬，人换了一代又一代，王家寨还在白洋淀上戳着，还是那个纯水村。王家寨村东一

君自

个叫"城子封"的地方，发现了绳纹陶、绳纹砖、绳纹瓦。考古学家推测，仰韶文化时期就有人在这里活动了，西汉时，王家寨就有人居住了。

站在高处看白洋淀，满眼铺开芦苇、鱼影和碧水，真的不知道最后的目光应该落在什么地方，最后不知不觉落在王家寨村，这村庄被称为"淀中翡翠"。随着年代更迭，王家寨的模样变了，变的是人情冷暖，不变的是白洋淀的芦苇和绿水。每到黄昏，晚霞在白洋淀水面上滚滚跳跳，水下游动的鱼群就会浮到水面上来，这时候渔民几乎全部收网了。郁郁葱葱的芦苇将碧绿的淀水遮盖得看不见水，岸边被水浪冲击的苇叶、流瓶和死鱼形成灰白色的泡沫。水面和芦苇林的上空飞舞着各种鸟，丹顶鹤、大天鹅、金丝燕、苍鹭、红嘴鸥、雀鹰、大苇莺、黄腰柳莺、鸿雁、灰雁等，鸟儿们起起落落，各种颜色的翅膀拍打着水面，有的鸟轻柔舒展地落在芦苇上，有的落在盛开的荷叶上。

荷花罕见的纯粹性使这一景象具有某种无从想象的丰富和华贵。那是一个令人灼热的念想：花儿为什么这样红？这是一首歌曲的名字，但是，让我联想到白洋淀雁翎队的红色历史。通过参观和采访，我知道这里的好多故事。这个必然的联系，使王家寨披上另一层红色，那就是英雄之花。

其实我想，白洋淀看不见的风景才深奥无比。

写作的时候，我将心中对白洋淀的崇敬和对莲花的欣赏全部倾注其中。

文学反映现实生活是必然的。让我困惑的是，文学多大程度上真实、客观地反映现实生活？我首先看到这里的困境、苦难、

故乡来

奋斗和希望。最初，我在构架人物的设置上就遇到难题，是党和政府的干部当前台主角，还是白洋淀的普通老百姓做主角？如果选择前者，容易误入官场小说的危险；选择后者，有可能失去时代波澜壮阔的现场，丢掉社会时代背景和基础。

怎么办？我困惑了一阵又一阵，继续走进白洋淀人民中间，与他们朝夕相处，乘船打鱼，谈话聊天。我看到，白洋淀城市化背景下的乡村面临着挑战和转型，我们不能以摧毁和掏空乡愁为代价。发展生态农业、"绿水青山就是金山银山"的理念在白洋淀得到充分的印证。城市生活是广阔而壮丽的，农村也在演变，其生活细节是耐人寻味的，没有虚无缥缈的行走。

离生活越近，越意味着某种不确定、不安全性，这使我们的创作充满了风险和挑战。但也正因为这种挑战，创作才充满了激情和魅力。我要将这宏阔、沸腾的建设场景和富有烟火气息的百姓生活上升为成熟的艺术想象。

"白洋淀女人真风流，淀当脸盆风梳头。"这是白洋淀的民间语言。研究白洋淀人的生活细处，他们的神态、腔调、口头禅、生活方式和思维方式，都是通过文学细节活生生表达出来的。比如王家寨的打鱼人王永泰老汉，他的老婆在水灾中早逝，自己带着两个儿子生活，日子非常艰苦，但当雁翎队队员"水上飞"老年痴呆，王永泰将他的孙子过继收养。他打一辈子鱼，从未吃过鱼肉，把鱼让给年迈的母亲和儿子们吃，自己吃了一辈子鱼刺。新区成立，白洋淀不再让打鱼，他是困惑和质疑的，甚至有些气愤，但他永不失一颗善良的心。当打鱼人老顺的家里贫困，揭不开锅的时候，他把自家仅剩的粮食慷慨相送。后来黄河水来了，

　　　　　　　　　　　　　　　　君自

他看着白洋淀的水质好了，儿子王决心在千年秀林和地下管廊建设中的价值，他的思想开始渐渐转变，他在白洋淀大水灾中护堤牺牲。他的儿子王决心怀着悲痛的心情，带着老人的骨灰划船游了一遍白洋淀，将骨灰撒进大淀，留下了不朽的精魂。乔麦和王决心这些时代新人在新区建设中释放了一种新的能量，打开了内心深处的隐秘症结，实现了生命状态和思想感情的巨大转化，在奋斗中完成文化的重建和灵魂的新生。

小说里的王永山、小洒锦、咸鱼、姚哈喇等渔民形象，他们在水乡生活和建设工地上点点滴滴的细节，使人物渐渐丰满起来。王决心和乔麦这样平凡的人，在新时代进行不懈奋斗和崇高追求，从此岸走向彼岸。

2023 年 2 月 12 日，我创作的三卷本长篇小说《白洋淀上》在雄安新区首发。

我常说一句话，"农民可以不关心文学，文学万万不能不关心农民的生存。"我是农民的儿子，要永生永世为农民写作。农民在土地上劳作，像是带着某种神秘的使命感，土地像上帝一样召唤着他们，即便在最困难的时刻，他们也从没有失去希望和信心。我的创作也像农民的耕作一样，我心中有个感觉，仅仅在脑子里编织一些故事不是乡村题材创作的基础，故事可以虚构，但是我们的感情、生命体验不能虚构。所以要尽量去亲身体验，注重内心的感受和情绪上的变化，关心农民的幸福。

生命就像故乡的一棵花树，用奋斗的汗水与泪水浇灌成长。人生光阴的长河里，故乡是恒久的心香。

捉

一个里有这样的一次回乡就能压住过日子的惊慌。

葛水平

流

水

一

在半坡圪梁凹里，零零散散的窑洞错落有致铺排开，有住在山圪崂里的，有凸显在土堆上的，有些是独门独院，有些是几户一起。眼面处，码在崖畔上的柴禾垛子搭晒着这家人的衣裳铺盖，便知道那里藏着人家。

我的祖先最早挑着担子沿着枣岭进入，在大凹沟的山顶看见了一座小庙，把脚踪停在了庙门口。庙叫山神庙，石砌的山神庙门上刻着一副联子：

"三教九流无二理，殊途同归总一心。"

由庙豁口处往山下望，有一条小河，滔滔涌涌蜿蜒远去。水让人生根，让人浑身热气腾腾，有了水，还有什么日子活不出来呢？有河水的地方适合人住，他们决定在此处凹下去的地方落户。

一时想不出好名字来，就叫了山神凹。

山神庙是山神凹人的太阳，是山神凹的历史，不管谁来到山神凹居住，必得拜山神庙。

生死轮回的车轮常转不休，人世间的苦难水深火热，外面的世界看似离山神凹很远，不与山神凹发生直接关联，可山神凹人很愿意和外面的世界有所勾连。

　　　　　　　　　　　　　　　君自

记得我很小的时候每户窑洞的门头上都有一个木匣子，是有线广播，一早一晚，小喇叭开始广播，外面的形势是啥样子，小喇叭打开一下就进入了山神凹人的耳朵眼里。那年月的山神凹人不算计、不动脑筋、不思前顾后，更不虚情假意，他们认为人活着的样子就该是这样：过日子不防人。

现在想想，是没办法防人，山神凹只有五户人家，抬头低头，实在是没办法防，勾连起来都是远亲。

抚今追昔，一笑复一叹，笑的是，曾经的日子历历在目，那些知足的日子，人人一副无知样，也许，唯有无知，才能知足，因为，所知者少，其欲也小。欲小则易乐，足则乐。

叹的是，山神凹走到现在没人了，土窑变成了土堆，从自然回归到自然，好似什么也没有发生过，人的痕迹只剩下了石碾子、石磨、石牛槽、石板地等硬家伙。我偶尔回去坐在半坡上望一望，信马由缰想想曾经的一些活灵活现的场景、一些艳阳天，然后伤感一阵子，起身周边走走就回城了。一年里有这样的一次回乡就能压住过日子的惊慌，说不清楚是为什么，或者说，这就是情绪里的"故乡"回馈我的踏实。

对故乡的人和事我记忆犹新，我想写几个人，一个是我的祖母柴青娥。

二

柴青娥在世上活着时，没有人叫过她的名字，很长时间山神

凹人就叫她"唾沫沫花"。

学名叫白头翁的"唾沫沫花"，春天万物即将破土时它先拱出泥土开花，小巧形似郁金香的花瓣，粉紫色，犹如一种梦境，在焦枯的干草地上挺立着争艳。唾沫沫花的花蕊极大，饱满柔软，犹如毛笔，把花瓣一片片摘掉，花蕊在嘴里来来去去嗦嗦，花蕊犹如蘸了墨的笔尖，可在石板上写字，也许是花蕊蘸了唾沫缘故，山里人就叫它"唾沫沫花"。

"唾沫沫花"紫根草，

山神凹数谁好？

一数二数青娥好，

刮大风时水蛇腰，

下大雨时杨柳漂。

很长一段时间，在娃娃们的嘴里就喊着这首儿歌跳一种画在地上的方格子，柴青娥远远看着，从娃娃嘴里喊出来的声音清脆响亮，清脆是让人心痛不已的，有些什么永远失去了，像窑前的河水一样流走了，比如红颜、恩爱，明知道它好，它有过，也明知道它不可挽留，娃娃们的声音让她无计可除，常常叫她心灰意懒陷入幻觉。

柴青娥对山神凹人是一个话题：长了一副吃香喝辣样子的女人。

在那冻馁的岁月里，如果没有一种精神支撑着，一个农妇，崖一下，塄一下过日子，是有无法说出的难哇。柴青娥的精神寄托就是她的丈夫，南下干部葛启顺。

二十六岁时，柴青娥再次出嫁。第一次嫁的是县城里大户人家的儿子，那儿子往更大的城市去读书了，柴青娥被退回了娘家，等于是叫婆家休了。一件女人一生最愉快的事情被重复两次，结局呢？像无数夜深人静时分，更漏的空洞声，处处无家处处家的感慨。

一领花轿掩埋在阳光下的麦田中，柴青娥多次回头，红盖头下，看见细缝似的阳光下自己的男人葛启顺一闪一闪地晃，离娘时的眼泪被那一闪一闪酥软的光汲着、吞着、馋着，两只眼睛便霍灵儿了，把离娘前的辛酸忘了个干净。

好光景过了不到半年，深冬的夜里，葛启顺回到窑内，脸上的兴致被黑吞成一团墨，说："天明前走人，当兵打仗保国为家去。"

柴青娥的眼泪像羊屎一样，扑哒哒，扑哒哒往下坠。

葛启顺被扩军南下后，十月怀胎儿子葛成土出生了，柴青娥抱着儿子开始守一眼土窑，眼睁睁等了四十年光阴。再到后来，儿子成家分开单过，她也上了年纪，早早烧了炕团在被窝里，听梁上的动静，一只老鼠倒挂在梁上翻腾，听着响儿反倒能睡个好觉。

葛启顺一走再无音讯，天到黑的时候黑了，到白的时候白了，曾经有人力劝柴青娥改嫁他乡，终是苦心枉费。因为，柴青娥心里有个活物。

仲夏傍晚，柴青娥穿了月白短袖布衫，双耳吊着滴水绿玉耳环，坐在自家内窑院的石板上走神。内窑院的枣树高大而繁茂，

君自

盘曲错纠的枝节伸向青冥的天空。

柴青娥拉着长长的麻绳把千层底纳得细密、匀实。灰蓝色的外罩把一头白发衬得如一幅水墨写意，看上去有一种与世隔绝的韵致。

终于，葛启顺老大归乡领着后娶的云南夫人，走回了他离别了近半个世纪的山神凹。

在走进内窑院时，柴青娥正靠着炕沿捻羊毛，就只刹那，柴青娥抬起头时已是泪满双襟。

葛启顺说："解放战争打完，我就在南方成家了。"

柴青娥含泪点头说："成家了好，一个男人不成家，道理就说不过去。"

葛启顺说："你一个人能把日子活过来，要我怎么说好。"

柴青娥说："没啥，眨眼的事，到底是我守在山神凹，你在外，出门在外你不是闲人，是当兵打仗啊。"

葛启顺老泪纵横，领着他的孙女，我。爷孙俩走在山神凹街道上，风夹着柴烟四处乱窜，饭食的香味顶在他的心口上，说不出他是什么感觉。而我是兴奋的：从大地方来了一个爷爷。

油灯下一家人坐在炕上，炕背墙上的油灯闪烁，每个人都不说话，火炉上的土豆烤熟了，柴青娥拿过来轻巧地磕着烧黑的干皮，然后递给葛启顺。

葛启顺抓着土豆，粗糙的大手轻巧地掰开递给南方小媳妇一半，这个动作怎么能绕过柴青娥的眼神。

她背过脸去，尘世纷扰让她彻底死心了。现在，她还能操控自己，还有心力，就要大方地和人家说话。

故乡来

"越是干皮越好吃，黑皮还养胃呢。"

亮汪汪的光照在窗户上，窑洞里的角落里坛坛罐罐上的黑釉像人眼睛一样亮着，柴青娥睡不着，她在这窑里活了一辈子，转瞬即逝的人间啊，说长呢，都是思念带长了，说短呢，也都是思念死心了。

柴青娥说："四十四年了，我找到了活水源头。"

葛启顺临走时的话还在柴青娥耳内萦绕："我死后把骨灰送来与你合葬。"

一句活话，是对柴青娥内心深处埋藏的人生悲苦的生命祝福之念吗？还是姻缘变幻的不悔不忧？柴青娥等老死他乡的葛启顺再次回乡，她做了许多准备，有时候甚至嫌日子走得慢。日子把人的一辈子过完了，到了，总算要拼凑成人家了。

她用葛启顺留给她的钱打了坟地，坟在过了耐受河对面的山嘴上，朝阳。她要打坟的人留个口子，夜静的时候她把一些庄稼人用的物件放进去，锅啊、盆啊、缸啊的，大件的搬不动，也不好意思要儿子替她搬，夜静时，她就像滚球似的滚着它走。

有一天夜里，她滚着一口缸过河的时候，摔了一跤，骨折了，山神凹人才知道她在忙活地下的窑洞。

下不了地，心急，人瘦得和相片似的，望着进来看她的人就说以前的葛启顺，人们也都跟着她的话头说以前的葛启顺。想来，葛启顺在她的记忆里被扩大了，稍动一点心思，葛启顺的面容就浮现不已。

柴青娥没等葛启顺先死，她死了，死了百了。

三

另一个人是我的爸爸葛成土。他有个绰号叫："跑毛蛋"（意指对生活不负责的人）。

妈妈嫁过来时听村里人说爸爸一些不负责任的事情，妈妈脸拉下来，一肚子不快又不好发作。生米已经做了熟饭，妈妈是自己上了驴叫爸爸驮来的，有苦说不得。

记得有一年暑假，妈和爸吵，吵得烦了，我大声喊："二位，彼此尊重一下，离婚吧。"

片刻后我爸嬉皮笑脸说："我在你妈跟前还没有小学毕业，还得熬。总得等拿个大学毕业证吧？"

这里，我不得不说我的爷爷，爷爷是远一些年被扩军扩走的土八路，后来得益战争的最后胜利，身份转成了南下干部。爸爸的一生依靠几位叔伯爷爷的呵护成长。正因为有了这样的背景，爸爸因少调教而长成"三不管"式的人物。即：小队管不住，大队管不了，公社够不上管。

村庄没什么风景，有山，有水，有人住的和羊住的窑。

羊住的窑比人住的窑大，因羊多而人少。羊多，族人便穿生羊毛裤，生羊毛衣。爸爸因此而会织毛衣。

逢年过节家穷买不起鞭炮，爸爸领人到山和山的对顶上甩鞭，用牛皮辫的长鞭，长鞭一甩，因山大人少，回声也大，脆生生漫过村庄直铺天边。

天边并不能看真，生生地，凝成千百年一气，鞭声滚滚滔滔跌宕过来，山里人激动得出窑，听爸爸隐隐然鞭笞天宇的响彻，能把人的心甩得干干净净。这种甩鞭和赛鞭过程，要延续到正月十五，十五过后老家的山上没什么内容，赤条条地与荒漠和群山对峙。

爸爸是一个高智商的人（用现代的话说）。他不太懂音乐，夏天打一条蛇，从马尾上剪一缕马尾，再从大队的仓库里偷一段竹节，三鼓捣，两鼓捣，一把二胡就从他手上流出了音乐。爸爸不懂宫、商、角、徵、羽，更别说现在简谱里的"1、2、3"了。

窑中一盏豆油灯，爸爸擦一把脸，憨厚地笑一下，挽起袖管，从窑墙上拿下二胡，里外弦一"扯"，就这过程已有人对我爸手头这把民族乐器投来歆羡的目光。而真正的艺术，在爸爸的手上，还没有扯开弓拉出声响。

祖母和父亲都去往了另一个世界，那个去处直叫人呼吸到了月的清香，水的沁骨。

生命的决绝在所产生的文字和画作中获得回归，当这些已逝的生命从我的生命中划过时，我体悟到了温情与哀绝，惆怅和眷念。"但使亲情千里近，须信，无情对面是山河。"我不知这是谁的诗句，却与我内心的感触对接了。

蝉鸣柳梢，一条清溪映月，时间似乎抹去了我的从前。站在山神凹河边，河里没了沤麻的清溪，蜿蜒的河流用温柔的力量引导着山脉朝不同的方向奔涌。很多年前我和活在人世间的父亲去河道里看过沤麻，沤麻上浮着绿茸茸的绿藻。故乡人叫"蛤蟆咦"，麻如细蛇，中气十足的蛙鸣在沤麻中摇摇曳曳鸣唱。

在暧昧的黄昏与白昼的边缘，在迷蒙的晚夕的幻觉中，时光异常短暂，河流如同针线一样串起了我的从前。

四

面对乡土，不忍回眸。

随着生产方式和生活方式的改变，乡村守不住四合院，丢弃了农具、农田，农事，农民在面对土地的解放和自由，就像潘多拉魔盒，一旦打开，农民亲友团一窝蜂拥向城市。当城市和乡村共同成为地地道道的城乡接合部时，我看到乡村和土地艰苦奋斗的光荣已经成为昨日幻影。我的悲伤只能是我自己的悲伤。

他们有理由投奔城市，有理由成为异乡人，有理由生活在城市的福荫里。

长期的趋农观念和制度，导致了中国的工业化、城镇化进程大大落伍，许多想进城、该进城、可进城的人，大量被积压于城外，似日益聚集的能量，一旦坚冰化开，农民进城便是势如破竹。由此，我想到了人和世界上一切有生命的物种，我们都从自然中吸取生命能量，只是人比物更懂得向往生物链的高端攫取和世俗欲望的享受。

传统习俗的内核，诗礼的精神乃至形式，一旦乡村城市化就基本消失了，只剩下了一个百草丛生的空壳。振兴乡村，也是文学不能放弃的最重要的命题：乡土文学可让世界了解中国当下社会。

虽然现实社会提供了创作基础，但如何成为文学，还是需要作家再创造的。我没有见过一个生活的事件会成为小说，哪怕它再离奇。我常听到的一句话是：物质极大地丰富了人们的生活水平。我习惯于猜想物质的丰富和生活水平的提高，应该是什么都

故乡来

有，是不是人们的真正需求？似乎又是两码事情。事关个人，个人生活水平和个人归宿，城市化进程和生存质量，比如空气、比如水质、比如粮食、比如城市噪声，健康已经成为人们的首选，缺失了自然山水和心灵，物质富有的城市简直是一无所有。

每个人都经历着社会变迁，从一套价值观到另一套价值观，社会不是稳定不变的，人类都有自身发展的欲望。大潮一样涌动，回到从前肯定不可能，因此，我一再靠写作回忆从前。

五

记忆潜入时，山神凹的土路上有胶皮两轮大车的车辙，山梁上有我亲爱的村民穿大裆裤戴草帽荷锄下地的背影，河沟里沤麻上有蛙鸣，七八个星，两三点雨，如今，蛙鸣永远响在不朽的辞章里了。

仅仅出于想象的理解，那时的人对人是疼爱的。无论城市人高出了乡村多少，怜悯之心在乡村像野花盛开。

我的母亲是小学民办教师，那年月的乡村小学教师频繁地走乡串村，大部分是在夏季放暑假后换地方。那时乡下没有汽车，也没有拖拉机，只有毛驴车。换地方了，我和妈妈开始收拾家当，由调入教师的村庄派来毛驴车接走。行李堆满了车，我高高坐在上面，一路晃晃悠悠看着驴耳朵走向另一个村庄。

我从认识的不同乡民人生故事中发现了真理，是底层、大众和穷人的真理：钱都爱，但最爱的不是钱。乡民最爱的是怀抱抚慰，是日子紧着一天又一天过下去的人情事理。他们的人生经验成为我另一种书本，是知识和大脑所无法理解的情怀。毛驴、乡间小道，村庄里的杂货铺、铁匠铺、供销社，所有村庄的村口总有一棵老树枝叶繁茂，在阳光的照射里，浓叶中露出的屋瓦灰墙，最好的屋子用来做教室，没有院墙的学校，隔着窗玻璃就能望见青山。

如今回溯起来，才蓦然知道童年记忆中的乡村浸润对我的写作作用之大。乡村具有了一种生命的活性与通达，文字跳跃，乡民们横立在我的面前，人世兼善天下，乡村是一部负载着文明气息的大书。

如果一个人出生在乡村，童年也在乡村，一辈子乡村都会给你饱满的形象。而乡村，任何一个催人落泪的故事，都要在时间的流逝中消失。写故事的人，不是随意地看着过去的日子凋零，而是要在过去的日子里找到活着的人或故去的人对生活的某种目的或是方向——苦难的一面。文字不是无限强化它无限的痛苦、无限的漫长，而是要强化它无限的真诚和无限的善良。任何一个催人落泪的故事，都要在时间的流逝中消失，面对那些苦难像中药一样的人生，把对农业的感恩全部栽种在自己文字里。

祖母活着时教训我的父亲：做人要坐得直，挺得起腰板，对好不要轻易伸手，伸手快要叫人笑话，是你的它等着你，不是你的捉住了也要走，就像流水。

谁又能捉住流水？

水边的修辞

陆春祥

山风不动白云低，云在山门水在溪。

一

浙江 302 省道，杭州至千岛湖公路 51 千米处右拐就是我的家，白水小村，一个袖珍型的自然村，《光绪分水县志》称白水庄。农村包产到户以前，几十户人家的白水，有两个生产队，我家在上村，五队，下村是四队。白水隶属于溪对面的广王大队，人们都叫广王岭。白水依山临溪，山连绵成岭，却没有名字，溪叫罗佛溪。

分水江为富春江最大支流，又称天目溪，流域面积三千多平方千米，跨浙皖两省，它也有很多支流，支流的支流，我家门前流过的罗佛溪，就是分水江支流之一。准确地说，罗佛溪应该是前溪的上游，它和来自另一方向的罗溪，在我家对面的百江汇合成人字状，然后蜿蜒几十里入分水江。

罗佛溪仍然有支流。

白水依的无名山，有两个方向，我们叫小坞和大坞，山都只有一二百米高，紧紧拥着溪，路随溪转，小坞不太深，路也比较窄，差不多一个小时能走到底，大坞显然深许多，长长的机耕路向深处蜿蜒，宽阔得能开拖拉机，行至半途，再左右分叉，右边横坞，左边直坞，一直通到大坞的最高点。山顶上有民航的塔台标志，村民们喊它"飞机目标"，海拔六百多米。大坞是白水村的

　　　　　　　　　　　　君自

最高山，村民们的活动范围基本到此为止，再往远处走，就属别的地方管辖了。

物资匮乏的年代，山林、河道都是宝贵的财产，人们领地意识很强，不能随便侵犯。小坞溪大坞溪，从来都没有名字，村民们只喊"小坞坑""大坞坑"，大人们从大坞坑里截出一股清流，直接从表舅一弯家门边流过，门口坑就形成了，坑两边用石头垒成砌，架上青石板，一步可跨的行人桥。

我们的日子往往从门口坑开始。清晨，坑上游常常是挑水的人们，两只木桶，一只水瓢，一瓢一瓢舀，一担，一担，一天的用水，要挑好几担。我从十来岁起就挑水了，挑不满，几十米路，多挑一担就是。坑下游，妇人们三五聚集，各自找位洗菜洗衣，坑里有小游鱼，忽撞一下菜，忽撞一下衣，东家长，西家短，新闻和八卦，反正除了她们自己听听，鱼也不会听。

门口坑，不好听，不过，名称实在不重要，重要的是我们一直生活在水边。

二

我从记事到五年半小学，再到四年中学，是个知识大荒芜时代，家里基本没什么书，我也读不到什么书。《在饥渴中奔跑》一文中，我这样写对我影响最深的两本书：新华字典，我甚至都背过；偷看我叔叔的《赤脚医生大全》，我的生理启蒙，都是从那书上获得的。

父亲在东溪公社分管知识青年工作，他带回一套专门为知识青年编写的系列丛书，历史、天文、地理等等，有几本忘记了，我都细读过。读大学前，我没有读过世界名著，只在分水中学四合院复习时，夜间偷偷溜出去看过电影《王子复仇记》。

那就不去说那令人遗憾的读书了，虽然正是最好的读书时光，我这个年纪的人状况都差不多，城市的孩子应该会好一些。我重点说劳动。

父亲在公社工作，一般每月回来休息两三天，家里主要劳动力就是外公。外公大名陈老三，江西人，是外婆后来的丈夫，母亲十四岁时，他来到了我外婆家。我妈二十岁生的我，一岁多，外婆就去世了，但我和外婆有张合影，外婆和母亲抱着我，我软软地歪着头，母亲说我只有一个多月，边上还有爷爷和父亲，这是我和外婆唯一的合影。

外公人还比较高大，背微驼，但不影响劳动，挑栏粪、挖山开地、放牛，什么活都能干，就是不会插秧，后来，他专门为生产队放牛。母亲本来就体弱，家里又有三个孩子，根本无法干生产队的活，年终结算时，只有外公做的两三千工分。

于是我家常常"倒挂"，所谓"倒挂"，就是平时从队里分配得到的粮食及其他生活生产资料，都属预支，年终分红时用工分按分值折算，不够的叫"倒挂"，劳动力多的家庭，可以分到几百块钱。

我家一直"倒挂"，要用父亲的工资交进去补，否则来年生产队会停发各种物品。父亲的工资，二十余年没有调过，一直是四十多块，要养这么一家人，日子的艰难可想而知。妹妹秋月顶职前，在家干过三年活，即便这样，家里依然"倒挂"，直至分田到户。

这就是我参加劳动的大前提，秋月比我小两岁，也是主劳力，她下课后主要打猪草，夏云弟弟比我小五岁，干的活就少许多。

我的劳动，从砍柴开始。

外公放牛，并不闲着，将牛赶进山里，然后割牛草、挖地、锄草、砍柴。我七八岁时，就随外公放牛，我也有装备，穿上小草鞋，腰里系着刀鞘，鞘中插着把柴刀。现在无法想象，家长会放心这么小的孩子用刀砍柴。两山夹着一条窄道，几只牛在前面慢腾腾地行，我和外公在后面慢悠悠地走，牛一边走一边看着路两边，遇到嘴能够得着的青草，它会顺嘴卷起草嚼几口。到山脚，外公选了个还算平坦的地方停下，他将柴蓬周边的杂草都砍干净，中间留下几根光光的杂树干，然后指导我砍柴：刀要捏紧，一下一下砍，往柴的根部砍，往根部的一个地方砍。

我想，这大概就是砍柴的秘诀了，如果刀捏不紧，很容易飞出去，砸伤自己，朝一个地方砍，就不会像蚂蚁爬树一样，上一刀下一刀，力气小，多砍几下，总会砍断的。指导完，外公就坐在边上，眼盯着我，嘴里不断指导着，纠正着我的错误，见我砍得还顺，他再点起一袋烟，嗞嗞地抽起来。

学会了砍柴，于是单飞，和小伙伴自由去砍柴了。砍柴生涯，一本书也写不完。放学回家，匆匆往肚里扒进一碗冷饭，然后上山，天黑前，至少砍一捆回家。有柴的地方，越来越少，爬松树砍枝条，松树会被砍柴的孩子剃得只剩下秃秃的主杆，一捆柴，要翻好几座山垄。

　　　　　　　　　　　　　　　　　君自

不读书的日子，我们小伙伴一起砍柴，都跑到"飞机目标"那里去，从山顶再往下翻几个山垄，那是别人家的林地，算"偷"。那里的杂树，又粗又壮，一根就有一百多斤重，"偷"一根，来回一整天时间。最幸福的事是，父亲回家休息，会来大坞接我。担着柴，越来越艰难的时候，突然，父亲出现，随后，我在小伙伴们羡慕的眼光中，很轻松地跟在父亲后面回家。

像猴子那样窜来窜去，附近的山，我都极熟悉，有时，看到一丛还没长高的杂柴，位置也比较偏僻，就有些不舍得，先留几天吧，过几天再来砍，而对亭亭玉立花枝招展的野百合们，根本无暇顾及它们的美丽。

霜降后，山里常有意外收获，爬着爬着，钻出一树杂柴蓬，伸出头一看，一树野生猕猴桃像铃铛一样挂着，立即先尝几个，然后用袖子擦擦嘴，一个个摘到衣袋中，有时多了装不下，就脱下长裤，扎紧裤脚装。每次回白水小村，看见那些山，就会想起砍柴的日子，年少的我，砍柴这件事是值得自豪的，至少，我学会了为家里分担。

经常往山上跑，险情也不断发生，我在《惊蛰》里就写过被竹叶青蛇咬的经历，不再重叙。我的左手中指有蛇咬印，右手掌中，还有一个深深的被竹根尖刺伤的痕印，那是不小心从山上连摔几个跟头，手掌扑进竹根中留下的。还得学会避石头，这也是一项山野生存技能，比如，在空旷的山湾行走，上头的小伙伴，一不小心踩松了一块石头，石头往你的方向滚来，你要是慌张，极有可能被砸中，方法是，先盯住滚下的石头看，等到快要接近你时，往左往右侧个身就可以了，不过，这需要镇静的心态和胆量，那种场景，现在想起来，依然有点胆颤，万一避得慢几秒呢？

现在的公园里，红花檵木已经成为重要的景观树，它和我们捆柴的"坚漆条"同科，檵木只开白色细花，红花檵木有各种造型，红色、粉红色都有，树干也有粗壮的，每当我走运河看到它们的身影时，砍柴的经历就会如在昨天浮现。

三

砍窑柴，挑水库，还不算最苦，最难的要算夏季的"双抢"，抢收抢种。

江南的农事，特点明显，"双抢"就是如此，早稻收割，晚稻下种，都有时间要求，天正热，人也正忙，我感觉，生产队里，永远有干不完的活。

凌晨三四点，星星都还在睡觉，打着手电到秧田，先要拔秧，一把一把拔下，洗净，捆紧，几十根秧捆成一个。队里是记分制，比如，15个秧记一分，起得早，拔上150个，10分就到手了。

尽管天没有亮，秧苗田里，唰唰唰拔秧，啜啜啜洗秧，然后用力一甩，快速用细棕叶绕几圈，扎紧，往后一丢，自己的秧自己有数，十个十个码好。早饭前，百把个秧，我也能拔到。不过，拔秧伤手指，秧也有毛刺，拔多了手指容易出血，有的秧板硬，特别难拔，右手食指首先破烂，只好用胶布在手指上绕几圈对付着。

割稻也要起早，一般都是几种组合，劳动力多的家庭，本身就是一个团队。几个人在前面割，两个壮劳力打稻，脚踏打稻机，一下一下用力猛踩，咕咕咕，机器悦耳的声音，带着丰收的满足，双手捧着稻把，滚动筒快速滚着，插着围簟的稻桶，不一会就满起来，一箩一箩装满，满一担就迅速挑走。生产队的晒谷场上，早就有人等着，称重，往笾簟上倒，隔几个小时翻一翻，耙一下，傍晚时分，风车扬起，这是一个去瘪留壮的过程，风车下哗哗留下的，都是可以入仓的好谷。

流水作业，各个环节都在紧张有序进行。

收割完稻，拖拉机和牛上场，外公放的牛就要出力了，人的"双抢"，也是牛的"双抢"。犁，耙，耖，水田细腻平整了，一担一担的秧苗就挑上来了。将秧四散一一丢好，这也是技术活，不会丢的，东倒西歪，不仅不方便种田的人取秧，还极有可能将秧折断，种田高手们，一丢一个准，秧苗稳稳地立地水田中，位置间距都恰好。

丢完秧，第一个下田的，基本上是充满自信的第一高手，笔直、均匀、速度快，一个一个紧跟着他下田的，都在他身旁分开，往往是，最后一个下田，第一个已经将一轮种完了。我们的种田法，一次每人一行种六棵，两腿为界，左右各两棵，两腿中间两棵。种完一行，或两行，两腿往后直退，以第一个人为标准，紧跟，不能歪，一歪，后面的秧就可能种到脚孔中去，人还没离开，秧苗就浮起来了，补种费时费力。

种田的快和慢，取决于分秧，拆开一个秧，分出两把，另一把丢到身后，左手捏着秧，拇指和食指并用，将秧分出。一般来说，一棵稻几根秧，和品种有关，有的多几根，有的少几根。左手秧分出，右手拿过种下，要想快，左手不能搁在左腿上，搁腿上，姿势会舒服一些，但速度不快。你看到的情景是，左右两手，基本靠在一起，一边分一边种，几秒钟一行，这几乎就是比赛，和天公比，和季节比，和人比。

一轮下来，已经有些累了，但不能休息，要连续。累在什么地方，没有种田经验的肯定不知道，我告诉你，腰累，因为连续数小时弯着腰，那腰就像要断掉一样，种田割稻，腰都受不了。如果你常常伸腰，那是另外的事，不过，生产队长会骂得你狗血喷头。

"双抢"也有轻松的活，就是晒谷，一般人轮不到，队长会让知识青年干，拿个长耙叉，不需弯腰，扒一扒，翻一翻，再扒一扒，再翻一翻。在十几张箪箪间来回，然后躲到屋檐下避荫，住在我家的知识青年萍儿就是晒谷的主力，女孩子，生产队长自然要照顾。

白水有好几个知识青年，四队五队都有，广王这边更多，他们有一部分住在知青点，队里专门造的房子。突然有一天，大队茶厂来了一大队人马，男男女女，都很有文艺范，还随车运来好多器材，人和物，将茶厂塞得满满的。自这一队文艺范来了后的大半年时间里，白水的白天和晚上就常常热闹无比了。

　　　　　　　　　　　　　　　　　　君自

四

1980年7月31日，傍晚，白水老房子的后门，连续阴雨后放晴。我们将饭桌搬出，炒鸡蛋、咸菜老豆腐、长豆角，反正都是农村的家常菜。外公，母亲，妹妹，弟弟，晚霞高挂，空气中透着一股舒适，一家人坐定，吃着饭聊着天，中心话题是我，高考成绩还没有出来，我也忧心忡忡，那时没估分，心里真没底，因为我已失利两次。

外公不断地宽慰："你今年一定能考上，一定能考上，通知过两天就到了！"自高考后，他就一直这么宽慰我，外公说话有些小结巴，重点句往往有"考考考上"。

乘凉聊完天，晚上九点不到，都休息了，农村人睡得早。外公一直睡楼上，一个人睡。大约半小时不到，楼上就发出了啊啊啊的声音，有点响，我和母亲直奔楼上，外公已经说不出话来了，嘴里流着口水，双手乱挥，有些挣扎，母亲让我快去家对面的百江卫生院叫医生。一片漆黑中，我捏着手电朝百江方向跑，穿过机耕路，跑过罗佛溪，我知道，溪水这几天刚刚涨过，幸亏有了水泥桥，要是以往，木桥一涨水就垮，两边断了交通，麻烦就大了。

喘着大气跑到卫生院，值班医生听我简单描述，拿了听筒，背起药箱就跑白水。我估算，叫医生来回，一共半个多小时，我们到楼上，外公已经完全昏迷，一测血压，230多，无疑，是高血压引起的脑中风，只是，外公平时也没什么病，从来不看医生，我们都不知道他有高血压。

外公陈老三，刚七十岁，就这么走了，没有留下任何遗言，他唯一惦记的，是我这个外孙的高考。两天后，我的通知到了。后来我才知道，7月31日，高考成绩其实已经到达县教育局，只是由教育局通知到中学，再通知到个人，需要时间。

外公出殡时，我捧着"倒头饭"在前面引路。"倒头饭"是百江乡俗，人去世后，一碗饭上竖卧一个剥去壳的鸡蛋，鸡蛋中间插一双筷子，放在死者的头部位置，此饭一直要到出殡，安放在死者的坟前。按乡俗，捧"倒头饭"应该是长子，外公只有我这个长外孙。

"八仙"（八个抬棺人）抬着棺木，几十米就要停下来歇，这是仪式。棺木停下来时，哭声一阵骤响，我就跪在前面，一直抬到小坞口的香炉山，上山几十米，外公的坟坑就到了，"八仙"卸下抬杠，用多圈绳子吊着棺木，小心翼翼地将棺木放进坑底，铲土覆盖前，我大喊一声："外公，天塌下来了！"声嘶力竭，心如刀割般的痛，我一直忍住哭，喊完这一句，再也忍不住，大哭起来，这情景，至今想起来，依然止不住泪盈。

随着我的哭声，又一阵哭声骤响，更加猛烈，"八仙"纷纷铲土，做坟。父亲在外公的坟边种了一圈柏树和杉树，外公就那样永远躺在了青山的怀抱中，前方广阔，东方升起的太阳，日日陪伴着他。

年年清明节，我们去祭扫，看着外公坟前树一点点高起来，四十多年过去，外公坟前绿树早成荫，外公也一百一十多岁了，母亲和我都感慨，要是外公生前知道我考取了大学，那该多高兴呀！这成了永远的遗憾。要是外公能多活二十年，那我们至少可以多尽一些孝，他没有真正享过福，似乎永远干着各种活，下雨天，他也默默坐在天井边上打着草鞋，累了，抽一袋烟，抽完烟，烟杆朝凳上磕一磕烟灰，继续默默地打草鞋。

现在想起来，最遗憾的是外公连一张照片也没有留下，我又不会画画，无法描绘他的音容笑貌，只能勾勒如此。

五

一日回家，母亲给了我一个旧纸袋，说是我的东西，从旧书箱里找出的。临睡前，我细翻，一本旧杂志、一个旧笔记本，杂志是《浙江师范学院学报》（社科版）1985年第1期，封面很旧，却干净，里面有我一万多字的大学毕业论文《新修辞格辨》，我太熟悉了，大学的三四年级，我将所有的业余时间都花在了修辞研究上，100元的稿费，抵过刚工作时两个月的工资。

笔记本是我三十多年前差不多用完的一本手稿，里面有不少习作，封面下有一句毛姆的话：一个人既然下了决心，最好是立即行动；扉页上这样写着：你种田，一粒米是一滴汗，我写作，一个字是一滴血。扉页上的句子，不是我原创，不知道谁说的，当时写下，只是觉得合适自己，种田和写作，一样的道理。

一夜深睡。清晨，推开后窗，兴趣益然地看着眼前陌生而熟悉的世界：白墙黑瓦，晨炊袅袅，小村沐着晨光，大坞小坞如在画框，山连山，云叠云，层次递进，逶迤至"飞机目标"，像极了黄公望笔下的富春山居图。我不确定黄公望有没有经过我家门口，但他一定长久地在富春山里转悠过，我忽然想到了白水小村新的注脚：白云生处，依水的小村庄。

山风不动白云低，云在山门水在溪。

我的出生地生长地，我心心念念的白水，中国南方一个普普通通的山水小村。

坝上草原

一方水土一方人，风苍令色苍茫。

胡学文

某作家在文章中写其回到故乡，撮土舔尝。读到此处，忽就想起少年时代看过的一部电影，名字记不得了，演员的相貌也已模糊，但其中一个细节至今难忘，她率领族人回到属于自己的村庄，从地上捧起一把土，忘情闻嗅。两人生活在不同的时代，呼吸着不一样的空气，但对故土的深情没有实质区别。也许有人感觉好笑，我却是理解的。我没尝过土，但和故乡的关系，任何利刃也切割不断。

一

　　我出生在河北省沽源县的一个村庄，沽源北部与内蒙古接壤，和张家口的张北、尚义、康保县合称坝上。我在小说中不止一次用到"坝上"这个词。读者多次问我坝上是什么意思，有的甚至想象成堤坝。每次我都耐心解释，坝上是内蒙古高原的边缘，地域广阔，非一堤一坝可比。但我清楚自己的解释不够精确。坝上不仅仅是地理概念，也是文化版图。只是后者太庞杂了，难以条分缕析。

　　少年时代看晋剧《窦娥冤》，看到窦娥被冤杀，火热的六月突降大雪，我的眼睛瞬间潮湿，想老天真是悲悯。没想到在现实中，

154　　　　　　　　　　　　　　　　　　　　　　　　　　　　君 自

竟也目睹过六月落雪。那一年，我正在张北师范读书，只见雪，不见灾。放假回家，才知道村里的损失有多大。庄稼、野草、剪毛不久的绵羊，均冻死过半。冻死的羊肉不好卖，又没冰箱存放，只能腌了自己吃。我想没一个人能吃出香味。当然，这样极端的天气不是年年遭遇，但坝上的冷也不是虚名，特别数九天。人曰野外撒尿，要拿着棍子，边尿边敲，不然就冻住了。有几分夸张，但滴水成冰千真万确。

在我的记忆里，无论日常生活还是故事传说，与寒冷相关者甚多。《卖火柴的小女孩》中的情景，我在读书前就听父辈讲过，只不过主角是坝上的某个行人。坝上农村没有睡木床的习惯，皆是土炕，又称火炕。老话讲，"家暖一盘炕"，没有炕，冬天是很难过的。

这样，入冬前，也要给房顶盖上厚厚的胡麻柴，再用重石压住。夜晚来临，要用棉布或毡子、草垫从外蒙住窗户，防寒气侵入。重复而无趣，但马虎不得。即使如此，仍难抵寒冷，一夜间，玻璃结冻冰霜，视线里外阻隔。天气晴好，也要近午才可化开。等不及，就须一口一口哈气。我家的窗户常留下我的嘴印子。

再一个是风大。有句俗语，坝上一场风，从春刮到冬。春日黄沙漫天，青草始顶芽，树木刚泛绿，沙尘遮天蔽日，田野的种子常常被刮到九霄云外，没刮走的，裸露在外，便成了鸟雀的美餐。冬日暴风雪，坝上人称"白毛风"，因风所至之处，无雪不起，天地呼啸，能见度极低。行人绝迹，野兽、飞鸟常常迷失方向，撞到树木或电线杆丧命的并不鲜见。

气候恶劣，土地贫瘠，但生存于此的人却极少抱怨。似乎老

天本就这个样子，生活本就如此。苦则苦矣，却有盼头，坝上三宝：山药、莜面、大皮袄。有大皮袄御寒，有土豆和莜麦果腹，就没有过不下去的日子。莜麦是耐寒作物，只宜在高寒高海拔地区生长，至今仍大片种植。

坝上人的性格和血液里的韧性，就如墙角路边的皮尖草一样，踩断踩烂了，没几日便又挺直了腰身。这韧乃自然所赐。一方水土一方人，既养命也养性。

如果用第二个词来概括坝上人，我会说淳厚。

某后生去邻村相亲，女方备以酒菜招待。女孩父亲和哥哥怕怠慢了后生，陪吃陪喝。后生酒量大，父子俩齐上阵也没陪到底，双双醉倒。据说那父亲躺了两天才爬起来。

这是朋友讲的，那后生我也认识，亲自然没相成，父亲哪敢把女儿嫁给一个酒缸？后生没有伪装，父亲认真陪客，依然宾主尽欢。

类似的故事我可以一个接一个地讲，这不是证明题，难有严密的逻辑和推导，但也可以部分说明什么。

如果说韧性因自然而生，淳厚则是自然与文化的双重孕育，坝上处在游牧文化和中原文化的交界地带，彼此融合，人的骨里便有更多的包容、宽容。

村里有个人，饥荒年代常去他处乞讨，先近后远，年底返回，过年又离开，待日子渐好，仍往外边跑。看了电影《大篷车》后，我猜想他可能喜欢这样风来雨去的日子，而非生活所迫。坝上称这类人讨吃的，且由此衍生出另一个词：讨吃货。

所谓的讨吃货不是乞丐，而指不节俭过日子的人。张家口从地理上分坝上坝下，许多观念理念是不一样的。我调至市文联工作后，一同事问我，听说你们坝上人有钱全吃喝了？她揣着巨大的疑惑，样子极其认真。"都吃了喝了"，大有意味呢，能分析出很多。她绝没有讥讽的意思，只是求证。当然不是她说的那样，但我由此知道了相当一部分人对坝上的想象和看法。不是不对，而是不够准确。作为中国乡土的一部分，坝上既有整体性特征，也有着鲜明的个性。

二

读初二时，我生出退学的念头，被父亲怒斥，罚我用连枷打了一下午胡麻，次日又将我送回学校。如果父亲由着我的性子，我与文学就再无缘分了。1984年，我考入张北师范。张北师范是一所中等师范，建于上世纪三十年代，今已不存。跃出农门，是人生的转折点。于我，不仅在于由农转非，还在于望见了文学的大门。学校极普通，但藏书甚多。借阅时，面对一张张卡片，眼花缭乱，后来买了本《名著导读》，才有了些头绪。

现在，让我说喜欢的作家，我会列出一长串名字，但初始读俄罗斯作家的作品偏多，其中一个重要原因，是喜欢俄罗斯作家笔下的草原：花草、树木、河流、山峦，春有春景，夏有夏韵，秋风浩荡，冬雪飘舞。与坝上草原自是不同，但又有极多相似，有时觉得写的就是我的村庄和田野。

彼时，我渐渐意识到，环境重要，但更重要的是发现美和欣赏美的能力。这当然不是美化，不是虚假的、目的性极强的想象和包装，而是自然的、蕴含着真情的书写，隐藏着对生活的感情。如果不是热爱文学，我恐怕永远不会用别样的目光去凝视坝上草原。

师范毕业，我分配到了乡镇中学任语文老师，并开始业余写作。后调至县城，再后调至张家口市，然后去往省城，再至南方。我在坝上生活、工作了三十多年，根系所在，烙印之深，终老难褪。

我的一些同乡，十几岁便去往遥远的他乡并定居，期间短暂回家，如同过客。我不是一步远离坝上的，走走停停，时时驻足回望。这使我的打量多了些层次和角度，也正因此，坝上在我眼里更加立体更加丰富，摇曳多姿。既是高耸的，必须仰视，也是细小的，可放在显微镜下观察。作为一名写作者，能拥有这样一片丰饶的土地，甚觉幸运。

检视自己的小说，不论长篇还是中篇，都与坝上有千丝万缕的联系，念头的萌发、冲动的汹涌，事件或人物的跳跃。哪怕是模糊了时代，改变了写作路径，我也会有意无意放在坝上。唯此，我才可专注、尽兴。

《极地胭脂》是家访所得。某学生辍学，作为班主任，我骑自行车往其村庄劝返。嘴拙词乏，没能成功，正值早春，遭遇沙尘暴，只能推车步行。那个村距学校二十余里，中间要经过空阔的草地，艰难行走间，看到一处孤零零的房子，在飞扬的沙尘中，矮小却又醒目，那是草原上的兽医站。

就是一处极普通的房子，但就是这几间黄土房，催生了小说的芽。我虚构了女兽医唐英这样一个人物。小说发表后，被导演宁敬武改编成电影。电影对大众的影响远超文学，更多的人看过电影，寻找小说阅读，有的还问是不是根据某某的故事写的，至此我才知道坝上草原确实有过一位女兽医。写作时我并不知道。为什么要虚构这样一位女性？除了有故事的考量外，我觉得这样可以把人和这片土地的关系写得更足更透。

《秋风绝唱》中的主角是二姨夫。我确实有一位二姨夫，就性格气质或者说"意象"，与小说中的二姨夫有相像的地方，故事则风马牛不相及。生活中的二姨夫也是极有故事的，后来我写过一篇随笔《姨夫》，算是实话实说。为什么在小说中不写二姨夫的事，却把主角的"名字"命为二姨夫？为什么不随便起一个名字？原因就在于，这样一个寻常的称谓能勾起我的写作欲望，我可以毫无保留地将情感倾泄。

我还可以举出许多。

坝上或者说乡土是我的写作资源，我不奢望更广阔的疆域，只想于此深挖。它终究不是孤木，而是森林中的一株。看清这一株，或许也就明白了其他何以长成这样。

远离坝上后，我的写作有了些变化，一方面是在艺术形式上试图突破，这个不多讲。另一方面，致力于构筑自己的文学坝上，与真实的坝上自然是有关系的，但又完全不同。这样既可以突出某些特征而更具特色，又因加入其他元素而丰富多姿。

距离的变化并没有让坝上变得陌生，反因距离让我看清了许多，如果说距离带来了影响，最重要的是情感更加浓稠。这当然好，不过也有不好。艺术需要激情，这是利于创作的；不好在于，可能因这种情感会遮蔽了视线。为此，我时时提醒自己，既用自己的目光看坝上，又从他者和世界的角度观照和审视。同样的人物，同样的故事，因角度的变化而变化。

因背景放在坝上，便有读者以为这就是发生在坝上的故事。我的小说被改编为电影，如《婚姻穴位》改为《心急吃不了热豆腐》，《奔跑的月光》改为《一个勺子》，《麦子的盖头》改为同名电影。《婚姻穴位》原说在张家口拍摄，不知为何后来改在保定。《奔跑的月光》在西北某地拍的，《麦子的盖头》在贵州拍的。电影播出后，常有朋友问我，为什么改在别处，不在坝上拍。我不过多解释，说那是人家导演的权利。

确实，导演有权在任何一个地方拍摄，而我也没有任何异议，因为我写的是坝上，也不是坝上。我写的是文学坝上，而非地理坝上。是"这一个"，也非"这一个"。

不可否认的是，从他处"拉"来的人物，当我将其放在坝上时，他身上自然带了属于这个地域的气息。

远离坝上，我更加关注她。

在我的作品中，除了风俗的印记，自然的烙印更多。比如我在长篇小说《有生》中写到了寒冷，每年都有冻死人的事发生；还写到了强风。接生婆祖奶一次路途中被黑旋风刮到天空：

"眼皮被沙石树皮抽打着，极痛。但就是这样，我也没有感觉到害怕。我被狂风裹挟，依然紧紧抱着包袱，耳朵捂不住，只能任由沙粒扑击，还有断断续续的鸡鸣狗吠。不知什么重物撞到我的后背，感觉刺破了皮肉。待寒意袭来，浑身发冷，我才感觉到害怕。不知黑旋风要将我卷到哪里，也许我要魂归天外了。"

正是坝上让我的想象生出双翅，这是她对我的恩赐。

三

未来的世界是什么样子的？相信每个时代的人都会想象，并以自己的认知勾画遥远也不遥远的图景。

我的少年时代，村里人关于将来世界的描述有过争议，那句话是"楼上楼下，电灯电话"。至于从哪儿传到村庄的，我并不知道，我知道的是，有人向往有人不屑，更多的是高度怀疑，认为比天上掉馅饼更加渺茫。不屑的多是村里有见识的老人，因而他们的判断对我这样的少年有着极大的影响。

家里一直用煤油灯，铁焊的灯壶，细而长的灯嘴，油捻由灯嘴伸出，每燃一会儿，捻头处便会有灰烬凝结，即所谓的灯花。灯花需剪断，否则灯火愈来愈小。剪灯花是技术活，剪少不起作用，剪多灯可能就灭了，需要恰到好处。后来改换有玻璃罩、可来回拧捻的灯，亮多了。但也需剪灯花，在灯旁看书稍久，鼻孔依然如先前那样被熏黑。电灯和电话，如天方夜谭，不敢想的。

我在村里就读初一，初二考上黄盖淖中学。学校有电，是自发的，只在规定时间，多半时间还是靠油灯。某日下晚自习，有同学邀我去粮库看电视，并叮嘱准备一元钱。那是我第一次看电视，在粮库的会议室。桌上是一台十四英寸的黑白电视机，约三四十人围着，少半坐着，多半站着。看了什么已经忘了，但那场景一直记得。门敞开着，没人收门票。播映结束，我随人流离开。回去的路上，我占了极大便宜似的，脚步欢快。

初中毕业，村里终于通了电。但也就是照明，没有一户人家有电器。煤油灯，自然消失了。

乡村有各种艺人，如石匠、铁匠、木匠等，他们并非单靠手艺吃饭，种地是主业，技艺是辅佐性的，是兼职。在我们村，还有另一种兼职，车倌，即赶车的。赶车也分三六九等，牛车最容易，谁都可以；最难的是赶三套四套马车，不是谁都可以驾驭，因而那些车把式是技术人才。所谓的车倌指他们。他们把村里的物品拉到他乡，再拉了村里需要的回来，有公也有私。拉运物品的同时，他们还承担着另外一种角色：讯息传播。他们把乡村的故事带往世界，同时把世界的消息带回乡村。从另一个意义上说，他们是乡村和世界的通道，或曰信使。对于闭塞的村庄，有无这样的通道和信使，大不一样。

土地承包之后，村里再难见到三套四套马车，车倌还是车倌，不过赶的是自家的车。当然村庄和世界的通道没有断，反而更宽更广了。从没出过村庄的人也开始往外跑，只要有意愿，机会随时有。似乎一个瞬间，一切都不同了。旧的消失新的涌现。

借用一句话，变是永恒的，不变是暂时的。世界一直在变，只不过以往缓慢流动，如今突飞猛进。

变当然是好的，但不可否认的是，速度也会令人晕眩迷失，曾经写过一篇《虬枝引》的小说，小说中的几个人物闲坐街头纵论国际大事里的人物，熟悉得像自家邻居。但对于真正的邻居未必说得上来。这篇小说的萌发，即与回乡有关。

近些年常听到乡土乡村消失的讨论。确实，城市化是不可逆

故乡来   163

的，我生活的村庄几年前也搬迁到了乡镇所在地，统一的排子房，统一的结构和布局。但是否就可以断言乡土消亡了？我不认同。在我看来，乡土不仅是土地、村舍、生活方式，还是风俗、礼节、文化，是它们的有机组合。一些东西消减，另一些东西又融进来，适时适运生长。从这个角度讲，"不变"亦有着永恒性。

在长篇小说《有生》中，我也试图探讨这个问题。比如祖奶作为接生婆，如今这个行业早已消失，取而代之的是助产师、月嫂。但在生的能力、活的态度上，在情感的丰富上，现在和过去并没有区别。

坝上草原也同样，始终处在变化中，自然，从不同的角度观望，色彩意义也不一样了。如曾把人刮到天空的黑旋风，现在有了新的用途，用来发电。从张家口上坝，一路可见风电机群，如起舞的白鹤，已成为草原的另一道风景。但无论生活怎么变，骨子里的韧仍然在，那份朴实仍然在，我对她的深情仍然如初。

草原

代代相传

索南才让

我的作品几乎没有离开过草原，过去、现在是如此，估计将来也会是这样。

一

我出生在德州村，是青海省海晏县境内一个纯牧业村庄，是一个常年被风沙统治的地方。我在海晏县城和湟源县的某个村子里念了几年书，到了四年级，我就回家来，和许多年龄相仿的男孩子一样开始了放牧生活。从冬牧场最高的山头，就能看见青海湖荡漾闪烁在眼底。我从十二岁开始，每年冬天都会在这片草场里放羊，每天我都眺望蔚蓝的青海湖，看荒凉枯寂的草原山峦铺开远去，而更多的时候，我会百无聊赖地发呆，等凝固了一般的时间一秒一秒地过去。再不然我就和弟弟骑着马奔跑，直到把马儿累得精疲力竭。日子一天天过去，直到某一天，我在叔叔家里看见了一本被当做厕纸的书本，上面的内容吸引了我，那光怪陆离的世界，那些飞檐走壁的人让我的想象终于冲破了草原的天空，飞到了一个从来不曾接触过的地方。从那一天开始，我每天放羊的时间就不够了，我埋头在书本的世界里。因为有书读，我不孤独，我甚至感到日子突然跑得那么快，仿佛我刚刚来到草场里，我的羊群还没来得及吃几口草，我还没读上几页书，天就已经黑了。白天的时间不够用，我便打夜晚的主意。当阿爸阿妈都睡去了，我会偷偷地爬起来，将房间的门堵得严严实实，然后把煤油灯点起来，我就趴在昏黄的油灯下沉浸于武侠的天地中……直到

　　　　　　　　　　　　　　君自

东方发白，我才打着哈欠睡下，却怎么也睡不着，心里想的、眼前晃动的尽是书中那些英雄人物们。我想象着要是有一天，我也变得和他们一样了不起，那才不枉此生。

我看书的时间越来越多，开始影响到干活和放羊了，我母亲被逼急了就揍我，甚至扬言要把我的书烧了，我姐姐也这么说，当然她不敢，但母亲敢，有一次差点就得逞了。我抱住阿妈，说以后一定不在干活的时间看书。

二

我沉迷于武侠小说，把每一分钱都攒起来，用来买书。那时候，海晏县城、西海镇各有一家书店，里面有武侠书卖，但都太贵了，我辛辛苦苦攒下来的钱都不够买两本书。既然买不起，我就借，村子里有几个爱读书的人，我就让阿爸带着我去，或者干脆央求阿爸去借，不管是不是武侠我都借来看。借来的书最令我印象深刻的有《红星照耀中国》，还有从我后来的岳父那里借来的《观音菩萨传》和《中华人民共和国大事记》，这几本书成了那段时间我最重要的精神养料。

我记得看书的那段日子，我和父亲每天都要剥树皮，因为要盖一栋羊棚，需要很多木头，买成品的话又太贵，所以父亲就不知道从哪里拉来了一车刚刚砍伐下来的树木，需要将树皮剥掉才能用。我干一会儿活看一会儿书，一天下来，精神恍惚不已，觉得自己经历了那些艰苦的战役并且活了下来……

故乡来

村里的书很快都被我看完了。这个时候我已经彻底养成了读书的习惯，要是一天不读书我就食不知味，夜不能寐。干什么都提不起劲儿来，仿佛缺失了生命中重要的一部分。没有书读的那段时间，我被折磨得苦不堪言，但天无绝人之路，我居然在西海镇租音影碟片的店里发现了有书可以租，这让我欣喜若狂。我攒了一笔钱当了押金，借了两本书，是《射雕英雄传》和我看的第一本无头无尾的书《天龙八部》。我终于解决了我的书荒问题。在之后的两年里，我将所有的金庸作品读了个遍，也看了别的武侠作家的作品，但渐渐地，我发现这些作品已经不能引起我的兴趣了。我的阅读范围不知不觉地开始变得宽泛了。文学、历史、地理乃至神话方面的书，只要逮到了，我都看。那时我已经十八岁了，就在这一年最后几天，我满含热泪读完了路遥先生的中篇小说《人生》，我被深深地震撼了，那种朴实高贵的人格力量牢不可破地攥住了我的心。从此，我再也没有回头去读武侠。我的武侠世界暗淡了，已经不能给我带来我想要的。路遥的《人生》给我上了人生的第一课：人到底要怎么活？这是我问自己的第一个关于生命的问题。接着我找到《平凡的世界》，我感恩能读到这本书。路遥是伟大的作家，他的这种写作，不是一般的作家可以做到的。一个作家书写时代，他的时代也必须要有响应，可是，好像很多作家却面临两种极端的局面，要么他被响应得太多太杂，各种各样的东西纷至沓来，以至于都没有办法在其中找到正真蕴含时代意义的东西，他被冲击得头昏脑胀，丧失了判断力；要么他根本得不到回应，他的学识他的能力不足以被时代召唤。他是活在这个世界里，但当他开始书写，这个世界和他之间立刻出现了一道屏障，他看不清这个时代，感受不到这个时代，也触摸不了这个时代。他感觉到的都是呆板的，死气沉沉的。心有余力不足，他会迷失在自己的奋斗和带着茫然却不放弃的激情当中。

这是我后来写作时的一些思考。而在当时，我并没有意识到当我开始读书的那一天起，我的人生就已经在潜移默化地改变着。随着读书越多，这种改变就越大。这种改变越大，我的胃口就越大，也不知道从什么时候开始，读书也满足不了我了。我想写，像所有我崇敬的作家那样去写。这个念头的出现是那样的自然而霸道，以至于我都没时间没力量去怀疑和反抗。这是 2006 年的事，我准备着写作，我要写一个短篇小说。到了年末之际，我的第一篇作品完成了。我的信心像这篇小说的文字一样每天增加着。为什么呢？因为在写的过程中我并没有遇到困难，好像这个故事早就在那里等着我，我一去，就急不可待地跟着出来了。写了几年之后，我发现我的职业成了作家了。以前是放牧的，现在是作家。其实放牧和写作是很有关系的，因为写作在某种意义上也是在放牧，你的作品达到一定数量的时候，你要把这些作品归拢起来方便管理，就像在管理一群羊，但这时候如果有一只羊离开了这个整体，你就会感到生气，会想方设法把它赶回来……但是作家不是那么好当的。尤其当我强烈地感受到对快和慢的认知发生变化之后，我觉得当一个作家确实太难了。因为社会变化得太快，而写作却是个慢节奏的行当。快会让作家失去了前瞻性，失去了对未来的预测。这就好比一个有引线的炸弹，引线燃烧的时候你还能预测，你根据引线的粗细、根据风力去预测，你甚至可以掐断引线掌控它。但是爆炸之后，火星四溅气浪冲天，到这个时候，你还有把握去掌控吗？爆炸产生的巨大的真空，以及之后的后果能预测吗？我们今天就是一个无法预测的时代，所以我开始怀疑那些大而不精、广而不凝的作品。一些所谓的史诗作品，好像只是宏大，但是没有精气神，只是广阔，但是没有凝聚力，这样的作品有什么意思呢？与其如此，还不如写真实的小作品。任何一个真实的小作品都是对我们这个时代的一种回应。大的假作品和真的小作品，怎么选择？这就好像假币和真钞的区别，一张百元假币没有一张一块钱的真钞有用。去写这样的东西，还不如去好好读书，而可悲的是现在的人连读书的能力也丧失了，所以还没有失去这个能力的人们是多么幸运。

　　读书是我们正确认识自己的一条有效路径。我们不了解自己，所以我们读书，期望从别人的智慧中得到最宝贵的启示。大部分人一生也都不会好好思考一下自己究竟是一个什么样的人。因为解剖自己、解读自己需要莫大的勇气。因为你要经常地用挑剔的甚至是怀疑的态度看待自己，这是人们所难以接受的。你也许机缘巧合，也许误打误撞了解了几年前的自己，那么你了解现在的自己吗？有一个词叫物是人非。时间的冶炼是残酷的，我们怎样才能保持本心不受过多的污染呢？我想读书是最划算也最有效的一种方式。都说读书是一个人一生里付出最小但收获最大的投资。这是一句至理名言。生命会有那么一刻被一首诗一本书影响，从而彻底改变人生的轨迹，这种变化有些是很明显的，在那一刻就很清楚地知道了，但更多的时候，其实没有感觉，你不知道受到了影响，不知道人生就在这一刻已经发生转变了，但这种感觉不是真的彻底地消失了，而是藏了起来，藏在了心底，藏在了潜意识中，也许是因为它觉得当时并不适合当场就有感受，需要一个过程，一个磨炼的过程，然后突然有一天，顿悟了，所有细微的那些过去时刻纷至沓来，这时你才发现，哦，原来如此。一切水到渠成。你很自然地升华，没有激动，没有惊讶，因为境界到了那里，自然得到了应该得到的，那是什么？生命中的一个阶段，一种因为选择而必定会经历的过程。

三

2008 年，我去了北京，在一家现代雕塑文化艺术公司打工。走出大山来到首都，我的兴奋很快被枯燥焦虑和极度的无助取代，每天工作到深夜，没有一点时间让我去读书写作。我觉得不应该这样，但生活却迫使我必须作出妥协，因为我首先是一个养家糊口的人，然后才是作家。我感到茫然极了，也矛盾极了！

但再艰难，该坚持的还是要坚持。没有时间写作，我就少睡觉，多腾出时间来写作。我所在的那个公司从来没有正常下班一说，必须是无条件地加班，吃了晚饭就去加班干活，一直到晚上十点半结束。连续十几个小时的工作让我疲惫不堪，累得只想睡觉。但不行，我还有工作没有完成。在我的心目中，写作才是我真正的工作。为了能有一个独立的空间更好地写作，我把集体宿舍中废弃不用的厕所打扫干净，摆上一张简易的小书桌和板凳，安了台灯，就成了我的"书房"，一个属于我和文学的世界。可这终究还是厕所，即便我把蹲式的马桶口堵得严严实实，但下水道的味道还是时时刻刻充斥在我的"书房"里，时间久了，我便感到头昏脑胀，仿佛连脑子里都被那种臭味给装满了。这时候我就跑出去呼吸新鲜空气，让脑子清醒，然后再接着写。

但无论多么努力，我的心都是空落落的，我想念家乡，我的思绪和情感都在家乡，我的文字根源也在家乡，所以我需要回去。

我回来了，又成了一个放牧的职业作家。

在写小说最初那些年，每到秋天，草原的颜色变幻之际，我都会住在青海湖边。我扎帐篷住在青海湖北岸的尕海之畔，面朝大湖。火车一辆辆从后面的原野上掠过，永不停息。我就在这隆隆的滚动声和被风推动的浪花声中一边牧羊，一边写作。我在写我的第一部长篇小说，我费力地写着。黄昏的时候抽着烟，到很远的泉眼去提水。那里好几天看不见一个人，只有一只孤独的黑颈鹤陪着我。大湖上吹来的风吹皱岸边的浪花，吹出一片海的气息，吹动吃盐水的羊的脊背，吹响连成阵势的铁链的声音。

于是，这时候，整个大湖属于我！

而其他的时候，我依然有一半时间在帐篷里写作。那是在夏季牧场，营盘上的地皮因为羊群粪便的烧蚀和暴雨的冲刷而逐年脆弱，终于不堪使用了。那是我们家族祖祖辈辈使用的营地，如今即将寿终正寝。我就在周围充斥着羊粪味的营地上，坐在小矮凳上伏在床上，用铅笔和笔记本，用三个夏季写了我的第一本书里的一些篇什。我写草原、牧场和牧人，写年轻的男人和女人，写不得志的酒鬼，写转场途中的商店，写盗猎者，写屠宰者，写兽医、骏马、私生子，写鬼鬼祟祟的心思和带刺的感情……

我就在这里，写出了《存在的丰饶》和《风雨柔情》两个短篇小说。后来又写了《我是牧马人》《德州往事》《寻牛记》等七篇短篇小说和若干首诗歌与散文。我的作品几乎没有离开过草原，过去、现在是如此，估计将来也会是这样。

写作带来了我对家乡新的思考。我目睹了这些年家乡发生的变化，我参与到了变化的过程中。我成为祁连山脉中，夏季营地的一名巡护员。每年冬春两季，我都要进山巡护，检查盗猎，阻截其他乡村的畜群进入我们的山地草场，预防火灾的隐患，检测野生动物的活动状况……我做必要的记录以及汇报。再后来我又当了两年的湿地管护员，参与过青海湖周边湿地管护和维持工作。这是我保护自然环境，保护生态做出的一份努力。

但与此同时，我也在做另外一件事情。因为我从保护者的身份转换成了一个牧民的时候，我会为了我畜群的发展和保护生态这件事情做斗争。这个斗争具体到行动上是有些严峻的，比如说每年夏天，我们的草场被列为禁牧区禁止进入，我们面临的困难是我们的牛羊群、马群要到哪里去吃草的问题。越来越多的人需要租草场来缓解这种牛羊无处去的局面，而出租草场的人却越来越少，这就导致了草场的价格居高不下，甚至高到了离谱的地步。想象一下，当一个牧民租了一片500亩的草场，一年的租金是6万块。而他的牛羊群进入这片草场，却坚持不了一个月。所以一种被迫的解决方式也就随之出现了，要么，你就花这个大代价去租草场，要么你就大批量地出售你的牛羊，而导致的后果却是一致的，收入越来越低，进入恶性循环。

生态保护在进步的时候，牧民必须后退一步。其实所有牧民都知道未来可期。可是他们只有顾得了眼前，才能盼得到将来，如果他只能望着远方，他让自己去希望自己的牧场未来有多么好的一个状态，有多么棒的生态条件，那么他眼下该怎么度过？而时间和眼下的困境会吞噬他，这时候的退一步，没有海阔天空，只有更加艰辛。

所以当我以牧人和作家双重身份来看待必须重视的自然文学的时候，我思考的角度，我关注的问题，可能更多的是存在着矛盾性的，是不会亲切而自然的，而且也肯定会体现在写作当中。而每一次提笔创作，写下的词语、人物及作品的深层主题都触碰到自然生态的时候，如果做不到更进一步地探索，那么是否意味着，自然文学在某种程度上，对我来说并不构成一种真正的书写？或者是说我并不能长期而有效地、认真地去思考自然文学的意义所在？什么样的自然文学，才能够持久性地拥有生命力，才能够让阅读的层面更广泛，让阅读的力量更强劲，让阅读的影响更深远？这是一个本命题，也是自然文学作家，都会考虑的一个问题。那么在这个前提下的创作，本身就处于艰难的境地，甚至可以说是一种巨大的障碍，我们不能创造伪自然文学。那么真正的自然文学是什么呢？它代表的是自然对人类的反馈吗？是诘问吗？我想是这样也不是这样。答案在作家心里，每一部诚实的自然文学作品，就是最好的回答。

后来有好几年，我没有去夏季牧场，没有将心身放置于暴雨肆虐银电如鞭挥舞的夏夜，这让我失去了对天气和畜群的担忧。这是牧人不能缺失的警觉，而我正在远离。于是，我怀揣着牧人一生的主题——寻找，放开了自己，奔向莽莽群山。晚上住在山里，吃简单的食物，睡祖辈留传下来的被穴。我听到了很多狼的号叫，那是我以前不怎么留意的声音，因为从小到大，听到的太多了。那些晚上，我躺在草地上，瞪着夜空，我回忆这些年的生活。世事无常，我何以如此让别人惊讶地干起了写小说这个行当……我选择了写作，一个字一个字，仿佛一串佛珠，一颗一颗，轮回捻动。我想我一刻也没有停止过忘记，一边忘记的太多，一边还给我暧昧的希望。我想是蒙尘的记忆抛弃了我，内在的力量也支配着我。我写下每一页文字，我故意忘记，换取更多力量接着写出一页，然后忘记……

扳指一算，我在家乡的草原，乘行在文学这条河流上已经航行了十七个年头。有很多苦楚是当时难以接受过后却云淡风轻的；有很多困难是当时承重难挨之后却觉得宝贵的；有很多阻碍是当时心酸悲伤如今却随风飘散的；也有很多欢乐是当时热泪盈眶如今却会心一笑的。我在坚持不下去的时候怀疑过自己，否定过自己，想过放弃，想过离开这条艰辛异常而深不可测的河流，但事实上，我却从未离去，更不曾停下。我知道这条河流上的航行永无尽头，会像生活一样在这草原上代代相传，但那又有什么关系呢？我热爱，并且愿意热爱！

我的赣江以西

江子

唯有通过书写抵达原乡。

我将永远是它怀中的婴儿。

谷村

我们镇叫枫江镇，北部接壤的是盘谷镇。盘谷镇有个村庄叫谷村。谷村全村姓李，有三千户，一万五千人。谷村是赣江以西人口最多的村庄，据说也是江西人口最多的村庄。

谷村在一个凸起的岭上。岭按我们当地的话叫猪婆垴。从北面去谷村，要爬一个长长的坡。谷村占地五平方公里，也就是说，猪婆垴面积有五平方公里。

谷村是盘谷镇的，这话没错，但另一句话是盘谷镇也是谷村的。镇政府就在村北。那儿还有一条街，街上有市场、供销社、粮站、医院这些乡镇才有的设施。

谷村的周围都是些小村庄，村庄要么归属枫江，要么归属盘谷。谷村在这些村庄中间，就像一只猛虎盘踞在羊群之中，整块区域构成了一个特殊的气场，孕育了别样的社会生态。外地人到谷村，都小心翼翼的，骑车的捏紧刹车，走路的目不斜视，生怕压死了小鸡，要赔一个养鸡场，无意间招惹了谁，会有不可知的灾祸。谷村的牛一般放养，吃了周围村庄的禾苗，没有谁敢打牛一顿，而是客客气气地把牛绳绑在哪棵树下，等谷村人领回。来领牛的谷村人一般骂骂咧咧的，仿佛是涉事的村子，没有把他的牛招待好。

　　　　　　　　　　　　　　　　　　　　　君 自

这样的村庄养出来的人，自有一股蛮气和锐意，出门喜欢惹事，喝酒喜欢充大，人们出于对村庄的敬畏，对其礼让，反而助长了他们的嚣张。赣江以西各种打架斗殴的事件时有发生，而其主角往往就是谷村人，事情多起于风萍之末，终能搅成翻江倒海之势。谷村在赣江以西的江湖地位从此奠定，周边的村庄，就更是只有礼让的份儿了。

很小的时候我就对谷村有强烈的记忆。我记得八九岁时，家中贫寒，每到年末，为赚取春节开销和学费，父亲就会领着我去谷村打爆米花。我们把爆米花机挑到谷村的远房亲戚家里，往往很多天不需要挪窝儿。孩子们围在为爆米花机加温的炉火旁，如幼狮雏虎，相互打闹，自有小小村庄里的孩童没有的活泼劲儿，妇人多大嗓门，以相互谩骂的方式表达亲密，语言粗鄙，却包裹着温热之心。每天清早，在点燃炉火开工放爆之前，我们都会到村（镇）西的街头走走，正逢早圩，总是看到到处都是人。除了少量的人参与交易，他们大多无所事事，或企于墙角，或立在街旁，长时间百无聊赖，任由早晨的阳光把他们的影子拉得很长。他们发须凌乱，相貌高古，目光邈远，令人宛见他们筚路蓝缕的祖先。正是冬天，他们嘴里呵出的热气，在空中纵横交错，让整个街道显得浑浊浓烈又生机勃勃。

后来随着我参加工作调入县文化部门，我对谷村的历史有了进一步的了解，知道村庄是陇西西平郡王李晟的血脉，于后唐年间（即公元927年间）建村，至今有一千多年的历史。村庄自古耕读传家，曾出过68个进士，明末清初出现过一门八尚书的人文景观，说的是该村康熙九年进士李振裕的曾祖父李邦华任过明朝

的兵部尚书，族祖父李日宣任过明朝的兵、吏两部尚书，父亲李元鼎晚年被清廷赠为户部尚书，他自己任工、刑、户、礼四部尚书。而李振裕曾祖父李邦华，性格最为决绝，命运也极其悲壮，眼见李自成攻入北京，身为兵部尚书的他竟然也报国无门，遂写下绝命诗说："堂堂丈夫兮圣贤为徒，忠孝大节兮誓死靡渝，临危授命兮吾无愧吾。"在乡党文天祥祠投缳而绝。李邦华的决绝与悲壮，或许正是今日谷村蛮气与锐意的精神源头。

　　这种蛮气与锐意气质，在改革开放中期有了强劲表现。我们县在那时候兴起了武术，县城办起了七八家武馆，省电视台日日播放武馆的招生广告，全国各地年轻人纷纷慕名来拜师学艺。谷村的后生李春生最先办起了武馆。我与李春生交往深厚，他告诉我他的武术一半来自少林学艺，一半来自秘密的家学。他们本就是武人的后代（陇西李氏为武术世家，先祖李晟因战功封王），武术是他们的祖产。李春生有个哥哥李万超外表文弱，是个诗人，在许多文学刊物发表了现代诗，可后来听说也在县城办起了武馆。我熟悉诗人李万超，不熟悉武人李万超。他办的武馆，我从来没去看过。

　　这都是很多年前的事情了。后来我到省城工作，我去谷村就十分少了。我最后一次去谷村已是八年前。那时候我领导正从事江西古村研究，我殷勤向他推荐谷村，同时陪同他到谷村走访。村庄大体与我的记忆变化不大，许多类似古戏台、老牌匾等古迹依然得到保留，但巷落之间和西边的街头上已经少见人迹，城市化已经把村里的人们引入了城市的厂房车间，虽然阳光依然明媚，村庄却少了以前的热度。樟树古老，留在村里的人们缺牙驼背目光浑浊，整个村子充满了少有的凉意。唯有路过的某户人家铁门紧锁的院子里养的一棵铁树虽半枯半荣，体态却如虎狮蹲卧，枝叶如刀戟纵横，是这个村庄蛮气与锐意气质的一点证明。

而不管这个村庄怎样变化，我对这个村庄依然怀有特别的情谊，不仅仅是因为它于我有着独特的生活记忆，更重要的是，我的阅读，是从它西边的街头曾经的供销社里开始的。那一年跟着父亲在谷村打爆米花，碰到机器坏了，加温漏气，父亲忙着修理，我百无聊赖走上街头，在供销社里被一本儿童小说吸引，赶紧跑回缠着父亲买下。父亲虽被机器整得焦躁，却对我买书的要求并不恼火，很爽快地给了我钱。我黑色的手指擦过白色的书页，闻着书的墨香，陶醉极了。

至今书的名字早已忘记。那可是我的第一本文学读物。从此，文学的火焰燃烧、冶炼着我。

涩塘

与谷村不一样的是，涩塘是赣江以西最文质彬彬的村庄。它在赣江以西的主干道上，从黄桥镇的一个路口向西数百米就进入了它的领地。那里的人脸带笑意，树仿佛穿着袍子，花草如诗，狗的眼神也充满了书卷气。

涩塘全村姓杨，是读书人的后代。唐昭宗时，来自陕西华阴的杨辂任吉州（今吉安）刺史，任满后贪恋吉州山水之美，决定在吉州繁衍生息。他在吉州大地上信马由缰。结果他到了一个池塘遍布、草木葳蕤的地方，马蹄滞于淤泥裹步不前。他感到这是上苍的启示，就决定在此开基建村，取名湴塘。

而湴塘在赣江以西的名望，并不因为杨辂，而是南宋大诗人杨万里。是的，湴塘就是杨万里的家乡。杨万里在村子里长大，27 岁时也就是绍兴二十四年（1154 年）考中进士，授赣州司户参军，历任国子监博、常州知州、吏部员外郎、秘书监、江东转运副使等，后乞辞官而归，自此闲居乡里，直到八十岁去世。他在村子生活多年，写下大量诗作。村庄的祠堂有他的木刻文集。村西的莲花形山上有他的墓地。村庄的草木，自然也就是他诗中的草木，村庄上空的月亮，自然也就是他诗歌里的月亮。

杨万里官职不大，事功不多。性格耿直的他生活在一个相对平和的年代里，这注定他在官途上难有重大建树。但这一点不影响他克己、修行，成为一名葆有理想人格的人。他以诚为本，知行合一，性情率真，是古代儒者中少有的不虚伪、不做作、灵魂洁净的人。他的诗，也因此得到广泛流传，至今八百多年依然长盛不衰。"小荷才露尖尖角，早有蜻蜓立上头。""忽然觉得今宵月，元不粘天独自行。""日长睡起无情思，闲看儿童捉柳花。""酒新今晚醉，烛短昨宵余。"……赣江以西的湴塘，就不仅仅是一座普通的农庄，还是中国诗歌的一个重要现场。

需要指认的是，湴塘也是我少年时的秘密花园。三十年前，二十出头的我在离湴塘村八里远的周家村当小学语文教师，同时也开始了写作，并且有了零星发表。学校很小，在田野中间，为祠堂改建，教师七八人，学生近二百。青春期的苦闷需要排遣，写作之火需要不断添加燃料，我就经常骑着单车去不远的湴塘，去打探一个八百多年前的诗人的行踪。

我会去看与他有关的遗迹。相传一座名叫屋仔桥的廊桥是他走过的，以往来访者武人下马文人下轿，只因为那是他的领地。距桥不远处据说有一座御书楼，相传是其子孙族人筹资给他建的纪念场所，因他的学生光宗皇帝曾给他写"诚斋"二字得名，现在早已踪迹不见，我会兴致勃勃寻找它存留的墙基。我会流连于田埂上的花草，村路上的鸡犬，为突然降落的雨水欣喜不已。这些普通的事物，在我的心里都是诗，都是他诗歌的素材。这个村庄的光影，于我来说就是一本立体的诗集。我在村里的许多人的脸上想象他的相貌。很奇异的是，他们有着共同的相貌特征：身材中等，发质坚硬，方脸，浓眉，眼如黑漆。八百多年前的他，是不是也是这个样子？村庄多水塘，我从水塘边走过，看到自己的倒影，一时恍惚：这些水塘，当年也是这样映衬过他的身影吗？

我会去村西他的墓地坐一坐。墓地前的石人石马石羊石龟，早已被砍了头，颠倒于荒草之中，显见时间的无情。可是他的诗却是不败的。读着他的诗句，我会感到他的墓地其实远不止是表达死亡，还是一个依然生长着的母体——它收藏了诗人，收纳了诗，催动着新的诗句的生长。

夕阳西下，我坐在墓碑前的草丛里，久久不愿离开。

因为有了这样一个秘密花园，我在乡村的写作就不觉得孤单了。我总觉得他在看着我，鼓励着我的写作。他通过他的村庄的山川草木与我交流，给我续接这块土地文脉的力量。我的写作远没有许多人想象的那么艰难。我虽在山乡一隅，可我的诗发表在

君自

许多知名文学报刊上并获得奖项。我相信肯定是他的护佑之功。我的人格炼造，也以他为样本。

因为写作，我离开了乡村，去了县城和省城，做着与当年乡村任教完全不一样的工作。可是我会经常利用各种机会回到涩塘，去看看他笔下的草长莺飞，到他的墓地前坐一坐。

我知道他一直在，依然在滋养着这个他曾经爱恨交织的人间。我的每一次造访，都旨在向他吸取能量。

有时候我会自作主张地认为涩塘也是我的一个母地。除了因为它是我文学的秘密花园，还有一个重要理由就是我的母亲姓杨，她的村庄，离我的村庄三里路远的积富村，是明代从涩塘移植的血脉延绵而成的。我因此认为我和他有着共同的血缘，我也勉强算得上是它与他的子嗣。

下陇洲

下陇洲村就是我的村庄，也是我的文字写得最多的村子。它在赣江边上，呈南北狭长形，人口千余人，刘、孔、曾、张、罗、王、周七姓杂居。按人口刘姓第一，孔姓第二。七个姓分别从不同的地方迁徙而来，构成了这样一个拼盘一样的村子。我们曾姓是明代从江西泰和迁来，是村里人口第三多的姓氏。

与谷村、涩塘不一样的是，下陇洲村可能是赣江以西最普通的村子。它没有非凡史实，也没有出过大人物，没有特别了不得的血脉回响。无数普通的人们，在这里活着、死去，一代又一代。

我曾翻阅关于江西进士名录的书籍，查到有进士的籍贯是我们村的。只可惜他的事功如何已无踪影，我们村的文字也毫无这个人的记载。我曾问起村里多个老人，他们都茫然无知，让我疑心是编者的张冠李戴。

上世纪三十年代，革命风暴在离村子百里远的吉安掀起。赣江以西不少人被风暴裹挟，放牛娃当了将军，穷苦人的儿子做了首长。离村庄二里路远的罗坑村，有人跟着红六军团征战南北，后来做了新疆的公安局局长；离村庄五里路的上陇洲村，有人最后做到了中央统战部副部长。我们村也有猛少年参加了革命，但早早牺牲，草草收场，并没有给我们村带来一点荣光。

但它是重要的：宗祠是重要的，墓地是重要的，田野是重要的，它的一整套严密的礼仪习俗是重要的，村里的草木是重要的，村子东面的赣江是重要的，婚丧嫁娶、起屋上梁的唢呐和锣钹等响器是重要的。甚至，落在村子里的风霜雪雨是重要的。

它们构建了我，让我成为了它们的子嗣。我对世界的认知，从它们开始，我对整个赣江以西的认知，是以下陇洲为圆心的。

这个村庄的人们是重要的——

我的祖父，一个乡村屠户。他一身武艺，脾气暴躁，形同猛虎，一不如意就想跟人打一架，却常有细嗅蔷薇的时刻。他识文断字，爱看《三国演义》，会拉二胡，会吹笛子，喜欢讲古。从他身上，我知道了，一个人可以对生活有多大的热情，有多大的能量。

一个叫刘学稷的老人，早年接受过新文化的教育，有从政报国之志，后倦于时局纷乱，投身教育，桃李满天下。晚年回到故

　　　　　　　　　　　　　　　　　　　　君自

乡，修葺祖屋，题"归来居"，在檐下画梅兰竹菊，书陶渊明《归去来兮辞》。他以读书写字画画度日，同前去讨教的少年的我谈诗论文，暮色中散步于绿色禾苗间的村道，满头白发如一顶雪冠。他让我知道了风雅与斯文。

我的伯父，一个乡村知识分子，中专毕业后被祖父以种种理由留滞村里。他渴望出走，渴望城市，渴望建功立业，可最终被村庄阴差阳错地扣留。之后，他干脆弃绝了出走之心，留在村里用中专所学参与管理村庄事务，成了村庄方圆数里离不开的人。他平头，肤黑，夏日常背心短裤赤脚，与一名普通的农民无异。唯有手中用来驯化电力的电工包，让他显出了属于他的一点点异质。

我的父亲，一个篾匠，一个每到农闲时分就带着徒弟到赣江以东山乡做篾的乡村手艺人。在赣江以西的人们的印象里，他口讷，笨拙，懦弱，整天沉默寡言，拿我母亲的话说，是三棍子打不出一个屁来。可是，只要跨过赣江，到对岸的村庄里，他就像换了一个人，眉宇生动，言辞飞扬。我少年时曾以他的徒弟的身份跟他去赣江以东上工，眼见很多人围着他，他用赣江以东的方言跟人们谈农事，谈见闻，谈家长里短，健谈而机敏，有趣而活泛，让我十分吃惊。我不知道，赣江以西的父亲，和赣江以东的父亲，哪个才是他的本来面目？

我的一个堂叔，比我大两岁，学得一手理发技术，在县城开店，成为县城最好的理发师。他靠着理发手艺，认识了县城机关的很多领导，帮乡里乡亲办了很多事。有一天他人间蒸发，原因是看起来斯斯文文的他背地里却是个疯狂的赌徒，欠了巨额赌债无法支付，只好一走了之，十多年一直下落不明。

……

他们构建了我。赣江以西蛮气、锐意又崇礼斯文的集体人文性格，也是我的村庄的性格，当然也是我的性格。

然而随着我工作调动，以及城市化进程加快，故乡与我的关系一再淡漠，村里很多人已视我为外人，我视日日变化的村庄，也越来越陌生。

2009 年，我的祖母死了。我从南昌赶回村子里奔丧。整个葬礼上我一直痛哭。很多人不明白祖母年九十乃是喜丧，我怎么如此悲伤，只有我知道，从祖母的去世开始，故乡就如海上漂泊的冰山，将离我越来越远，直到孤帆远影，轮廓模糊。

我唯有通过书写来挽留故乡。我在纸上写下陇洲的历史与现实，生老与病死，离散与重逢，消逝与生长。我写下《田园将芜》与《回乡记》两本散文集。当然，我还会继续书写它。我想，唯有如此，不管时代怎么变化，时光如何流逝，我与下陇洲村将相互依偎。我将永远是它怀中的婴儿。

千字文里的 故乡

任林举

时光，不断地把一个人的故乡换成了另一个人或另一些人的故乡，而一切过程竟很少有人察觉。

一

　　呈现于眼前的大平原依然如旧，广阔、苍茫，似涣漫无垠的大海，似没有边际又全无方位的时光。但此时，土地上已经覆盖了满满的绿色。茁壮的玉米已经齐膝，随风摇摆，隐隐发出好听的沙沙声；密实的水稻如浅水上丝丝入扣的锦绣，断续散发出淡淡的幽香；即便是农田之外紧靠路边的土地上，也生满了婀娜的蒿草和青翠的芦苇……任惊异的目光寻寻觅觅，竟然找不到一点旧日的痕迹，有那么一刻，我甚至怀疑自己迷了路。

　　天翻地覆，沧海桑田啊！百余年前，这里还是清朝蒙古王爷的牧场。数千平方公里的草原上，除王爷府为数不多的放牧点、收租点和偷垦者零星分布的窝棚，基本上荒无人烟。很多来蒙荒落户的流民，差不多都有着共同的回忆：一架勒勒车，吃力地在一人多高的荒草中爬行，车轴间不时发出秋雁般凄婉的哀鸣，就算是风吹草低，也还是难以看清远处的景色和方位。直到1926年，"勘放郭尔罗斯西部蒙荒，设官治理"，缓解当时地方经济上的拮据，这片土地才算进入农耕时代。

　　为了便于操作，"官家"依照中国古代井田制格局，把全境荒地按统一规制分割成大小相等、均匀、规则排列的一个个方

　　　　　　　　　　　　　　　　　　　君自

格子，每一个方格称作一个"井方"。全境共划出成方的"整井"274个，每井36方，每方45垧；因边界曲折的原因，划出不成方的"破井"35个。"井方"划完后，张作相心生一念，为了给自己罩上一层文治的光环，规定用《千字文》为每一个"井方"定名，按照从北到南，从上到下，从左至右的顺序给每一个方格安上一个字，这个字就成了这一方土地的名字，如果建村，就是村庄的名字。天地玄（元）黄，宇宙洪荒，日月盈昃，辰宿列张，寒来暑往，秋收冬藏……吉林省乾安县最初的行政版图初步形成。

当那篇不连贯的《千字文》念到第13个字时，就到了我的出生地：列字井，那个"辰宿列张"的列，后来因为与宙字井阡陌相连，曾共同组成一个行政村，简称为列宙。实际上，在列字井之前，并没有与千字文一一对应的14个村庄。有一些字比如，荒、昃、寒、冬等被人们认为不吉、不雅的字，没有哪个村庄愿意顶着，便直接弃之不用了。

小时候，在列字井和北边的宙字井两个平原村庄周围，均匀排列着四座巨大的沙丘，因为从远处看，宛若四座低矮的小山，所以我们分别称那四个沙丘为东南山、西南山、西北山、东北山。曾经，我们的村庄、我们的田地、我们的庄稼和我们的乡亲，在遥相呼应的四山之间构筑起我如梦的家园。早晨，太阳从东南山上升起，傍晚，太阳从西北山上落下；春天，风从西南山上刮来，又从东北山上远去；其间有风霜雨雪，有月圆月缺，一场接一场的风沙刮过，一年又一年的流光逝去，一幕连一幕的爱恨情仇交叠，一代又一代的生老病死轮回，我们始终在四山之间，我们的

心、我们的情感，也始终在四山之间。

怀着深深挂念，回乡的第一件事就是请表姐夫王广柱带我去看看四山中最高的"东南山"。王广柱是个沉默的人，走在田间小路上一直默不作声。正好我可以调动所有的感官和记忆四处搜寻。可是，一路上除了一望无际的玉米田似乎什么都没有。

"这里就是东南山。"王广柱突然停下脚步，用手指着不远处的一个蓝色简易房，"那个机井房，就是东南山的最顶点。"

我感到愕然！大地在此处，并没有一点儿隆起之意。如果这个地方就是东南山的话，那个蓝色的机井房下边就是三十年前狼獾的家。在过去的许多年里，那个直通地下的黑洞在不停地往外冒出冰凉凉、白亮亮的水，而那些虽然有些讨厌但却生动有趣的狼獾们从哪一天起，去了哪里呢？我在王广柱的引导之下，站在田垄之间前后左右看了很久，才勉强看出一点儿大地的不平。就算东南山曾经真实存在过吧！可从前那个形貌昭彰的山，因何变得如此颓然不堪了呢？是因为多年之后我终于长高长大，相对的山就矮了下去，还是因为我自身变得衰老和麻木，不再像童年一样对很多事情有一种天然的灵动和敏感？

返回的路上，我突然意识到，脚下的土地和道路都已经不再属于我从前的记忆。时光，如陌上的流沙，掩埋一切，暴露一切，也雕刻一切，它像手段高明的魔术师一样，施展出乾坤挪移大法，不断地把一个人的故乡换成另一个人或另一些人的故乡，而一切过程竟很少有人察觉。

二

穿越苍茫的岁月，我终于看见了从前的我。许多年以前，就在这个叫作列宙的贫寒小村中，有一个沉默寡言的少年。关于他的种种故事和言行，大部分都在记忆中模糊了下来，但有一个形象至今记忆犹新。他就是那样每天坐在课堂的角落里，热切地盼望着老师的提问，因为他总是在前一天晚上把应该背诵的课文背得纯熟，准备着第二天向全班的同学展示一下，但老师始终也没有叫他的名字。这让他有一些失落，有一些怅惘，但他没有气馁，依然坚持每天把应该背诵的课文背熟，然后，默默地坐在角落里等，他相信，早晚有一天老师会叫到自己的名字。

回首往事，这样一个具有象征意味的细节或人生状态总是不停地在我的头脑里显现。似乎，它既反映了我的性格，也暗示了我一部分命运。

小时候，我就读的学校就是列宙大队那个"小学戴帽"的乡村小学（戴帽学校指，20 世纪 50 年代，为了解决中学和高等师范学校的不足，在原来建制不变的情况下增设高一级教育班级的学校）。虽然教学水平并不算高，但能够把小学与中学一气儿连读下来。这对于一个乡村少年来说，就是幸运的了，因为这样就可以免去了每天上下学的跋涉之苦。

据说，有一些地方的孩子上个小学每天就要花一个小时或更多的时间用来走路，而我，却只需要花去十多分钟的时间就赶到了学校。学校是家边的学校，老师也是家边老师，但不幸的是老师的教学水平却也是"家边"的水平。

大约是因为我总是会找出一些稀奇古怪的问题来问老师吧，因为我的存在让老师感觉到难堪，所以老师总是不太喜欢我，因为我是一个"太能钻牛角尖儿"的孩子。面对老师的冷淡，我知道什么热闹的事儿也轮不到我了，于是我就很自觉地躲开人群，有时是坐在角落，有时是站在远处，一个人暗暗地用狠劲，更加努力地学习，争取每一次考试成绩都能够超越别人。

从那时起，无边无际地幻想或阅读一些课外读物，便成为我最好的消遣和"娱乐"。不管什么书，民间故事、古代章回小说，唱本、人民公社诗选、"高大全"小说等等，只要读着就会快乐着，在没有书籍可读的时候，连现代汉语字典和汉语成语小词典都要背。

那时的农村生活艰苦啊！人们从春节过后就开始了一年的劳作，运肥，犁地，下种，浇水，三铲三耥，收割，脱粒……面朝黄土背朝天，汗珠子落地摔八瓣，到头来连个给孩子买新衣、糖果的钱都挣不回来。过得好的人家还能维持温饱，过得不好的人家，一到春天就断了粮，需要四处拆借。记得小时候，经常有小朋友吃的玉米面窝头里，掺杂着大量的野菜，咬一口粗粝难咽。尽管如此，人们还是会有很强的精神需求。

漫长的冬季来了，北方的大地上天寒地冻，滴水成冰，一切户外的农业生产活动都不得不停下来。辛苦了一春一夏又一秋的北方农民开始"猫冬"。冬天的昼短夜长让很多精力过剩的农民不知如何应对。遗憾的是，那个年代竟然连游戏的工具如扑克、麻将等都没有，人们需要游戏一下，还需要自己动手糊纸板画纸牌，十分艰难。于是，便有很多人聚在一起，找来一本章回体的唱本，找一个识字的人说唱，其他人边嗑瓜子边听书，直到更深夜阑，方才散去。那时，家父是远近闻名的说书人，所以常有人不知从哪里找来的一本旧小说，交到父亲手上，夜里就会有一群人聚到我家中来。

我一边被母亲逼着坐在煤油灯下学习功课，一边魂不守舍地将耳朵挤进人群里偷听。听到动情处，要么流下泪水，要么笑出声来。自然，偷偷听书的行为就会被母亲发现。责备，是肯定要受的，但一般也不太严厉，作为成年人，母亲心里应该清楚，让一个少年人有书不听，不啻让一个成年人坐怀不乱，要求太苛刻啦！就在这耳濡目染之中，我悄悄地喜欢上了文学。那时，我还不知道什么是文学，但我曾在私下里暗下决心，长大后一定要自己写书，让那些大人读。

其实，我对文学或文字的迷恋还有一方面滋润，那就是我母亲。母亲命苦，三岁丧母，四岁丧父，很早成为孤儿，在她的姨母家长大，自然没有机会读书，但却鬼使神差地读了大半辈子书。她是靠新中国成立初期全国开办扫盲班的底子坚持下来的。她平生只两大爱好或者说特长，一是看书，一是教训子女。关于看书，不知什么时候成了她的生活习惯。在我的记忆中，她除了缝衣做饭，似乎一直手不离书。如果不看书她就会闷得慌，就会止不住地想起痛苦的往事和眼前的烦愁，她就会哀叹不断。为了让她心有所托，父亲和我都曾步行20里去到外村给她借书。直到多年之后，当她偶尔提起某一部旧小说时，我还是不知所从，讲广博，我自叹弗如。

1978年，是恢复高考制度的第二年，我当时骑在未来的"墙头"之上，面对了左右为难的境遇。是从初中直考中专，还是考取高中后再考大学？在当时，对于一个农家子弟来说，是一个非常严峻的抉择，向左或向右，都有可能造成一生的遗憾。于是我选择了两条路一齐走，既考中专，又考高中。结果两条路并行了两个月以后，突然拉开了角度，分道扬镳。我手里攥着两张通往不同方向的"通行证"，最后还是选择了放弃上大学的梦想去读中专。因为我是一个农家子弟，我没有赌本，没有胆量和勇气下那笔大注，我只能退而求其次，选择一个稳妥的方案。

当我怀着抑郁的心情坐在长春电力学校的教室里，我想的并不是如何把那些专业课学得更好，而是时时惦记着另外一个领域里的事情。那时，我仍不太懂什么是文学，但最初的文学情结可能已经发酵膨胀。那个时期，除去上课时间，我基本把时间和精力都花费在两件事情上边，一是学英语，一是背唐诗、宋词。专业课成绩基本以 70 分为中轴上下波动，高不过 80，低不过 60。

在校读书期间，每逢寒暑假还需要回到列宙与父母团聚，但已经感觉到小村与自己渐行渐远了。遇到曾经熟悉的乡亲，人们已经不把我当作本村的孩子了，而是当作远道而来的客人，见面客客气气，关系稍好一点的还要请请饭。不管怎么说，还是能够让人感觉到有一份乡情和温暖在。

毕业分配之后，我到了一家专业对口的电力企业工作，彻底告别了故乡，数年之后，我们又举家迁往他乡。本以为家一搬，父母兄弟都离开列宙，此生就不会和那个小村发生什么牵连了。我曾经在内心里怀着十分忧伤的心情与这个小村道别。

故乡来 197

三

2004 年，经过多年的文学积淀和预热，我决定接受朋友的建议，尝试着写一部"有一点分量"的作品。之后的好长一段时间我一直在想，一名作家究竟应该写点什么，什么才是自己最熟悉、最有情感、最牵心动魄的。想来想去，思绪总是离不开 15 岁之前的那段岁月。后来终于发现，尽管我从 15 岁开始就离开了故乡，俨然城里人一样"混迹"于各种规模的城市和各种各样的人群，但骨子里仍然没有断掉那条从泥土里生出的根，原乡列宙不仅是我生命之根，也是我的文学之根。

于是，我开始着手创作《玉米大地》，一边以自己的方式重温人在土地上的感觉，一边尝试着唤醒已经沉睡多年的记忆。当过往的一切俱从生命里苏醒时，我发现自己又找到了遗失很久的故乡，仿佛又回到了从前。于是，一个个生动的人物在眼前显现：年轻的母亲、逝去的父亲和爷爷、矫二奶奶、张江媳妇、十二舅……奇异的是，从前我还能分清他们谁是谁，谁与谁是什么关系，对我来说孰近孰远，现在我是分不清了，甚至那些庄稼、那些树木，甚至于自己，一切事物的界限和定位都混淆了，你就是我，我就是你，你中有我，我中有你，土地上的一切竟然根系相连，血脉相连，万世千劫之后，也许我们将归为一体。

从那时起，我开始深刻地思考土地与庄稼、土地与农民、农民与庄稼之间的关系，思索着为什么他们用自己的血汗滋养了一茬茬生命之后，仍然得不到赞美和感恩？为什么历经了种种悲伤、疼痛、无奈、苦难之后仍然如大地一样沉默无声？难道他们从来

君自

也没想过要发出自己的声音？从来都不知道如何发出自己的声音？面对这一系列苦命的事物，我无法继续躲在角落里只想着自己的心事。我感觉到有一种隐约的使命在呼唤着我，一步步引导着我走向我生命的起点。当我的情感与灵魂一贴近大地，我的个体消失了，不知道是他们消融在我的生命之中，还是我的生命消融在他们之中，我感觉到自己变得通体光明、力量强大、富有激情，我感觉我就像懂得自己一样懂得他们。从此，我将代表他们向这个世界发出声音。

25天之后，当我以一种火山喷发的方式完成这部作品时，我感觉整个人，气血以及情感均被消耗一空，我无力地伏在案前，连重看一遍，修改一遍的力量都没有了。之后的数月之间，我连一个字也写不成，恐惧时时地向我袭来，我是不是已经成了一只作废的火药桶，再也喷不出激情的火焰？

2005年3月，我去了鲁迅文学院学习，把我的作品拿给那些评论家同学看，同学们激情澎湃，有十来位同学为这部作品写了评论文字，但每一个同学的评论我都没有看全，因为每一段贴近心灵、触及灵魂的文字都会让我感动流泪，因为我的"内伤"尚未痊愈，仍很脆弱。

接下来的作品是系列散文《松漠往事》，这是《玉米大地》真正的姊妹篇，无论在风格上还是情感上都承接了《玉米大地》的气脉，并且由于结构的相对疏散，使每一个篇章的伸展更加自如，语言、语调和情绪上也就更加隽永。只可惜，这部作品出版之后，由于没有推介，缺少宣传，便很少有人知道它的存在，很快便被当作一块丑石弃于人声鼎沸的街市。于是我就劝自己，还是把它忘了吧，就像极力忘却自己的一份烦恼。

进入《粮道》的创作时，我虽然将视野从故乡转向全国，从乡亲转向普遍意义上的农村和农民，但究其根本仍然是基于过去对故乡农民的了解、理解和同情。后来《粮道》获得了第六届鲁迅文学奖，我觉得当时我最应该说的一句话仍然是"感谢故乡给了我生命之根，也给了我最珍贵的一段人生经验。"谁让我写了粮食呢？只要是粮食都是我在列字井认识的粮食。

阔别之后再回乡，这个一直被我称作故乡的小村，已经完全不是从前的模样。随着农业生产力的逐年发展，农机和农业科技水平逐年提高。原来以土地盐碱化、气候干旱著称的列字村，如今都用上了滴灌技术，旱田变成了"水浇田"，大田产量直线上升，由原来的亩产不足千斤跃升至1500斤以上；大片大片的草甸子也被开发利用，昔日寸草不生的碱泡子或长满了碱蓬草的盐碱滩变成了绿油油的水稻田，绿色的水稻和白色的水鸟相映成趣，远看，宛若一幅美丽的图画。

在县乡两级政府的规划、指导和扶持下，集体发展葡萄产业，家家户户种起了大棚葡萄致了富。到2023年末，列字村的葡萄大棚数量达到400栋，主导产业收入过千万元，仅此一项，就使村农民人均增收达到了26700元。由于列字村鲜食葡萄的闻名遐迩和供不应求，让乡里和县里作出了更大、更加宏伟的发展规划，他们正谋划在条件具备和政策支持之时，将周边几个村庄如地字村、辰字村、张字村、宙字村、元字村等的村民都集中搬迁到列字中心村，打造一个声誉更高，产能更大的"葡萄小镇"。

明知道这个一别多年的村庄已经远远不在我的记忆中，但我仍像归家的孩子一样，怀着好奇和喜悦的心情问这问那，好像事事都与自己有关。之后，又不由得在心里暗暗发问："为什么呢？"这个问题当然没有人回答，但我心自知，它在我的心里，在我的情感里。（陆朵对此文亦有贡献）

时间的

重量

既沉甸甸，也轻飘飘，让我魂兮归去，

更有种目力无边、风光旖旎之感。

鲁敏

一

　　常常想念故乡的老屋，想念老屋里的亲人，想念老屋里曾经的那个孩子：我。

　　老屋是外公外婆的老屋。门前有一个小水塘，我曾在小说里这样写过："它具有水塘的一切基本要素，像一张脸上长着恰当的五官。鱼、田螺、泥鳅、鸭子、芦苇和竹，洗澡的水牛，小孩子扔下去的石子，冬天里的枯树，河里白白的冰块儿。"就是照着它当年的样子写的。

　　老屋造于1950年，那时外公37岁，正是壮年，儿女幼小，算是他成家立业、遮风避雨的最初之"宅"，材质为土泥茅草，我的大姨、舅舅、妈妈都在老屋的茅草屋度过他们的少年时光。后面若干年里，老屋的泥墙改成青砖，茅草换作瓦顶，等姨妈舅舅们都工作了，又在原来的三间之外，拉长出一间吃饭屋与厨房。再过几年，又在最东面加出一间卧房。这些改造，是一步步慢慢来的。外公外婆的钱来得不易，都是出自四时庄稼与屋前屋后。外婆养鸡卖蛋，养兔卖兔，养羊卖羊，养猪卖猪。外公春播秋收，然后到镇上去卖花生卖黄豆卖棉花，就这么地慢慢供养大姨、舅舅、我妈念书，再时不时修整扩建下他的"宅"。

　　羊是外婆的摇钱树。老母羊一旦怀孕，外婆就喜滋滋地守夜接生，有时碰上羊脚先出来的难产，外婆也都能设法搞定，包括邻居们的母羊生产，也都是外婆一手包下。外婆的大羊小羊，白天会被牵到外面的小河坡上，让它们自行吃喝，就省得割羊草了。到下午，我们放学了，外婆就会派表哥们去牵羊回家。两个表哥都不愿干，外婆就甩出"共享"的诱饵，谁承包下牵羊回家的活儿，等到卖羊得钱了，可以拿到个小零头。这好处我挣不着，我怕羊，那家伙一旦倔起来，很难拉动，羊角还会顶人。

但外婆的养鸡大业我参与较多，尤其在小鸡崽满地滚的阶段，每日都要一只只捉回鸡笼，还都要点数，还要铲鸡屎。为充分调动我和表哥的参与热情，外婆会让我们各选一只喜欢的小鸡作为"自己的"小鸡。记得有一回，我选的是一只深色芦花鸡，花纹细腻繁复，比一般的黄毛小鸡更具美感，我很得意，撒谷喂水时，分外留意，还时不时捉来手中抚摩，捉几只肥虫子让它吃独食。也可能是关照过度吧，它后来开始打盹了——小鸡一旦打起盹来就是得病的先兆，外婆就会把它们隔离起来，专门侍弄，喂去壳精白米，多晒太阳。有时能救活，有时不能够。

因这些家养牲畜之故，外公外婆除了修整"人居"，还在不断地搭盖羊圈、猪圈、兔笼、鸡屋、茅房之类，老房子被拉成长长一排。春节贴对联和喜字，也包括那些羊圈、猪圈、鸡屋等处，依稀记得是"五谷丰登、六畜兴旺"之类。我们小孩追跑打闹时，从屋东头一口气跑到西头，左一道右一道地踏门槛，屋前屋后地绕，大有千山万水之感，很是带劲。

房间多了，尤其适合躲猫猫。当时乡下兴着添置一种家具，叫做床柜，几乎家家都有，是四四方方的两只连体大木柜，可以

用来置放各样东西，铺上棉絮和床单，支上蚊帐，又成了极好的一张卧床。捉迷藏时，把床褥掀掉，柜门抬起，团着身子藏进去，除了有些闷气，除了有时会碰上小虫子小蜘蛛，实在是最妙的隐身处。此外，还有床肚、箩筐下、帐子角、茅房后、凉席卷、柴堆里等各样的别窍处。

只有一个地方我不大敢躲，就是西堂屋，因那屋子半边墙上，挂着太公太婆等族中先人像，皆已黄淡无色，且多处剥落，隔着灰蒙蒙的玻璃框，其实看不大清楚面目。正因为看不清楚，反而有些害怕，走到那附近，就觉得凉。到大了才慢慢好些，因为离这些人像一米以下，就是一排红红黄黄的奖状，全是表哥们从学校拿回的赫赫战果。我们那里的人家，都特别喜欢贴小孩奖状，不论荣誉大小，几乎每户人家都有这么一片墙壁，贴得热闹，与祖上的斑驳照像，相瞻相宜。

二

外公外婆喜欢养花，老屋门前，是一长排花圃，碎砖头垒成三角底座，上方交叉编织着篾条，形成二方连续的菱形篱笆。为抵挡屋檐雨滴冲散泥土，花圃靠内墙的部分，总还铺排着吃海货所留下的贝壳，精心又简洁地形成实用装饰。外公外婆的花都是家常品种，主要是图它们的轮流开放与不同颜色，比如鸡冠花、太阳花、龙爪花、百日红、指甲花、虞美人、菊花、懒婆娘花一类。至今，我对花朵的审美似乎都还停留在老屋所给我的阶段，每看到这几样乡野之花，就亲切得不行，觉得大朴大素大美。其中那懒婆娘花，也即汪曾祺写过的晚饭花，它只在晚暮时分开放，明亮的紫红，香气甜俗，花朵密集。有时我会没心没肺地摘下许多，串成长条，用来做成项链或耳环。我带上花朵项链，盛装一样，去找邻居家的几个同学一起玩。那时我们女同学的玩耍没什么花样，总是唱歌，大家都有各自的歌词本，捧着，轮流唱，唱得嗓子哑了才回家。

从初中起，为着读书，我到外婆家长住。正是那一年，外公外婆又在后面盖起了一排大屋。这就等于有了两进，有了院子。新大屋飞檐立顶，红砖灰顶，门窗走廊都镶嵌着雕花木板，地上全是回字地砖，在当时看来，简直是气派不凡。连小猫洞都比前排的老屋讲究许多。

外公外婆家一直养猫，有时走丢或老病，就接着再养，常年不断。有时暑假碰到是这只猫，再到下一个寒假，发现是另一只。我初中那几年所养的猫，外公给它取的名字叫"画虎"，因它身上虎纹突出。为讨画虎欢心，我常蹲在桌下，与它分吃蒸山芋、煮杂鱼之类的好食。画虎没有自己窝，它的卧处主要在两处，一是厨房灶下，尤其冬天，因那里暖和；一是床上，外公外婆的床，两个表哥的床，舅舅舅妈的床，我的床，它每晚随意挑。常常到晚上做完作业，到房间一看，呀，它今天挑了我，正乖乖蜷在被窝上头呢。我心中大慰，会特别小心地侧身钻进去，不敢惊扰它，免得跑掉，白欢喜一场。

除了猫，老屋里最常光顾的是燕子。晚上睡觉关门闭户，外公外婆都会提醒舅妈，确认老燕子是不是回窝了，如果没有，得替它留半边门或一扇窗。老家那一带，燕子跟人的关系真是好哇。每到春天，各家的小孩子们都会互相攀比："你家今年有燕子来做窝了吗？"谁家要是没有，那真是太失落了。外婆家因为有两排屋子，从概率上讲，机会多一些，常常双丰收，前屋后屋各有一窝，最多时，有过三窝。因为我乳名"小燕"，似乎更多些私念，没事就仰着头看。看那燕子夫妇，衔着枝条树叶棉絮土坷垃，吐着唾液，慢慢地做出半只大碗一样的灰白色燕窝，然后产蛋，然后孵出雏燕，然后出去觅食。每至母燕衔食归来，整个窝里只见四五只粉色嘴巴，张开着挤挤挨挨叫个不停，真正是特别形象的"嗷嗷待哺"。

梁上有燕，有吉祥喜悦之感，但燕子屎也够受的。燕窝下方一平方米左右的地方，常年有它们落下的灰白的粪便，进出都得让着。有时外公会铺上干草或碎土，有时也懒得铺，左右是"拂去还来"的，新屋的地砖虽然要珍爱，但燕子粪嘛，又能脏到哪里呢？

记忆中的新屋，一切都是个大：大方桌、大洋团、大座钟、大长柜、大挂钩。大方桌是我们晚上做作业的地方，我与两个表哥，初一初二初三，各一个，三面而坐，共用一盏油灯。另一边外公会来坐坐，忙了一大天，他有时会戴上老花镜，翻开他最爱的《皮五辣子》看上几页。有时空口搞一盅白酒，最多就一块月饼。外公会把月饼掰成四块，与我们三个共享。嗬，可真好吃。他就着一角月饼，喝一大盅洋河大曲。喝罢一抹胡子，把酒杯倒扣于酒瓶上，然后在我们头顶敲敲，就去东房歇息了。每隔半个月，喝酒之前，外公会校正一下大座钟的时间，上上发条、抹抹灰什么的。老家那一带似乎很崇尚大座钟，很多人家里都"配置"一台。大座钟报时很响亮，逢半点敲一下，逢整点则敲相应的时刻数。凌晨三四点，我在朦胧中被吵醒，听到睡不着的外公外婆在对话，"刚才敲了几下？三下还是四下？"另一个说，"四下还是五下？"外公耳朵有点背，他们的对话总是无效和多次的重复，听得我很愤然，烦恼中一翻身，又囫囵睡去了。

我对大座钟动过手脚。初三那年，我跟一位同班女生"飙劲"，那女生成绩也很好，我们轮流坐庄第一。她家跟外婆家只隔条河，站在后屋的北窗户可以远远看到她家的灯。我晚上总留意看她家，如果她不熄灯，那我是绝对不肯上床的。但舅妈对我们有统一时间，差不多十点左右，就要赶我们上床，用不着复习那么久的，还浪费灯油。怎么搞呢，怎么才能比她多熬夜呢？我就偷偷把大座钟调慢一个小时。其实多出的那一个小时，又能看什么书，心里光顾着得意了，觉得我瞒过了所有人……那段时间，外公总就纳闷，这大钟是坏了吧，我天天上发条也不管用嘛，差点要驮到镇上去修。我死忍着不说，直到最后事发。

新屋里还有两只"洋团"，也是以"大"见长，长案两边各放一只，颇显气派。这所谓的洋团也是重要的农家器物，专门有外地人从河路运来贩卖。洋团的质地是陶瓷，色泽清亮，小口广肚，大的高约一米有五，最合适用来存放各种谷物，说是不霉不坏不生虫。但因其高大，搬运、清理、取用都不大方便。比方像我舅母，她身量娇小，要从这洋团取谷，总得要站一只小板凳才能够得到。有次不知怎么的，她晨起取米做粥，脚下一滑，凳子踢翻，整个上半身就头冲下栽了进去，洋团闷气，家中人稀，她喊了许久也无人知晓，后来还是外婆发现，又喊外人来帮忙，总算把大洋团放倒，将舅母及时救出，有险而无虞。

对了，还有"大挂钩"。大挂钩一般固定在二梁，堂屋卧室皆有，用以悬挂各种东西，其功能类似于食柜或壁柜。一般冬天悬以鱼肉，平时则挂四时点心。我们那里看望产妇或老人，喜欢送油馓子、脆饼之类，到春节前后走亲访友，则喜欢割上几斤五花肉，包上京果蜜三刀之类的点心。待客走后，家里大人都会把这些点心食物，郑重地高高悬于大挂钩上，小孩和小猫小狗都只能望钩空叹。

但我大表哥脑子很活，他策动了我和小表哥。趁家里大人不留意，让我们两个替他在下面扶着，一张椅子再垒上一张椅子，他摇摇晃晃地爬将上去，富有技巧地，尽量不影响整体观感，从外围抽取一根根的断馓子出来，我和小表哥在底下眼巴巴仰头望着，他一边摘一边吃，我们两个望风搭手的最后也只能落得一点残渣罢了。但最后若被大人发觉，真真假假地责骂下来，大表哥也是勇猛担当的，谁叫他是三个里头最大的呢，确实也逃不脱。类似的"偷吃"事件其实很多，我小表哥有次跟着我舅舅出门拜年，坐在自行车前杠上。车笼头下吊着两袋点心，当时都是纸包的，他伏在车笼头上，弓着背替自己打掩护，一只手从下面绕过，把纸包口拉松，从里面抽出京果，慢而小心地一枚枚偷吃。到了亲戚家，舅舅手中一提，感到挺不过意，怎么点心这样轻飘飘的，只有半包了。也亏得那条乡路不是太长。

盖了后排大屋之后，外公外婆养花种树更起劲了，院子里做出高低，安下巨大的缸盆，种荷花、茨菇，挨着院墙搭起葡萄架，还陆续栽起柿子树、桃树、梨树等若干果树。夏夜纳凉时，因为是暑假期间，舅舅舅母也闲下来了，大家还有闲兴演些小节目，舅舅又拉二胡又吹口琴。两个表哥则披戴个大脸盆，我披挂上床单，又演又唱。到中秋夜，则摆上果物点心，一家人团坐，看院外月头，大大地升起，实在是土味又踏实的诗情画意。

三

然而，外公外婆的衰老也慢慢地来了。我总记得老屋里冬天的日头。很冷，太阳光窄窄地投进堂屋，随着时间慢慢移动。外婆坐在木椅子上，外公坐在小竹椅上。他们膝上放着竹筛，在剥花生，或者剥玉米、捡黄豆。过一会儿，两人抬身，挪下椅子，再过一会儿，又挪下椅子，追随着那窄窄一道日光的照耀。花猫在他们脚下打呼噜，老母鸡在扒院子里的土，羊在附近的坡子上叫。哪怕只做最小的事情，两位老人差不多劳动到最后一天。1999年，外婆走了，87岁；2006年，外公走了，93岁。外婆被抬出老屋时，空荡荡的屋子里，当时也已85岁的外公坐着嚎哭，哭声在老屋回响。这是外公外婆亲手盖起的，又不断修整的70年老宅，他们养儿育女，迎来送往，生老病死。

前些年，舅舅舅妈退休无事，顺应着外公外婆以前的习惯，又把后排"新屋"升级了一次。地砖换成大理石，卧室换上木地板，屋梁加了石膏雕花顶，安了水晶吊灯，旧式蹲坑全都接通下水，贴上瓷砖改为即冲卫生间——有他们继续操持下去，我们就永远有个老屋、有个老家了。

舅舅舅妈跟我母亲一样，都是乡村教师，一到周末和假期，都得下地做农活。经常是我们晚上几个人在做作业，舅妈就在一边剥棉花果子，或是剁猪草，或是削山芋。我们的早餐十之八九都是山芋粥，刚出锅很烫嘴，我们急着要上学，都是端在手里迎风而立，一边大力搅动一边快速喝光，放下碗便冲到小路上往学校跑。秋冬的雾多大呀，跑到学校，经常是头发湿漉漉，裤脚湿漉漉，后者是一路野草上的露水。

舅妈嗓门很大，当年讲起政治课来，简直整个学校都能听到她的"咆哮"式启发。她现在头发稀疏，身形也缩了很多，跟她讲话时，我们这些从前的小孩，都需弯下腰了。有一年回去，发现舅妈一直保存着几个笔记本，里面工整抄录着当年的成绩登记表——我和两个表哥的排名，被舅妈用红笔小心地标注出来。多少年过去了，舅妈还留着三十年前我们的初中期末考分数，各门是多少分，年级排名多少。

舅舅的强项是讲几何题，很厉害，不开窍的学生也能一听就懂。不过我最记得的，是暑天里跟着舅舅"烫蚊子"，一种略带仪式感的事务。天将黑未黑，我们小孩先跑到所有房间，把蚊帐都齐齐放下来，然后舅舅端着带罩子的油灯，走在前面，像个引路人，几个小孩跟在后面。蚊帐里总是停歇着不少花脚大蚊子，他会钻到蚊帐里，把灯轻轻贴近蚊子下方，被那热火气一熏蒸，蚊子立即掉落进去。从前排屋子一路烫到后排屋子，五六顶蚊帐烫下来，灯罩子里一圈的蚊子尸体，有点残忍，也有点灭"四害"的快意。

前几年我们见面，舅舅跟我讲过几次，说他有个叫做"野葡萄"的故事要讲给我听，让我写下来，似有通往野史深处的意思。但后来几次见面，舅舅未再提起，他高血压，也有点脑梗，精神似也委顿下去，寡言，易于感伤。好好地看着电视，会伤起心来。听我们谈到外公外婆，也会突然抽泣，肩膀抖动。几秒钟后，又会因为很小的事情而哈哈大笑。没有人跟他说话时，他佝着背坐着，双手拢在膝上，脸上一点淡淡的笑，长久地陷入他的沉默。如果把他安置到沙发上，他可以一直看电视看下去，如果有三个人，他也可以加入打牌，一直地打下去。

四

我所讲的老屋，在我的老家，江苏盐城东台。从出生到后来离开，我在她怀里一共待了十四年。那里，有我关于人世间的最初滋味，一望无际的苏北平原那样平静地裸露着，蕴藏着圆通与谦卑，悲悯与宽大，让我有所思有所苦又有所得。我早期的一批作品，诸如《逝者的恩泽》《颠倒的时光》《思无邪》《燕子笺》《操场上空的红旗》等一批乡村叙事，就是取自这段记忆和经验，它们有点像是我写给故乡的一封又一封的小说体情书。

出于某种敬与怯，我在小说里给故乡取了个名字：东坝。这相当于东台的一个昵称，或者说一个笔名，文学之名。在东坝镇

　　　　　　　　　　　　　　君自

上，按照记忆或想象的样子，我再现那些苗禾、雾气、鸡鸣、街市，同时还安插了许多人物，讲述他们的故事与宿命，豆腐坊的凌晨劳作，木匠的工具包，赤脚医生的盒箱，牛倌身上的味道，生产会计的算盘，白面修长的裁缝宋师傅，整日里诲人不倦的乡村教师伊老师，因种植大棚西瓜而颠倒四时的乡人木丹等等……我的故乡，在我的小说里，获得了长久的作息与热闹。而我，似乎也可以一直在故乡的小说里，做一个童真的孩子。

然而，用老家的算法，而今我也足足五十岁了。人啊，在哪里总会是个孩子，可又会强烈地感到时间？对，正是老家，正是故乡。这些年，像许多在外工作的人那样，我多次地返乡，我看到一些变，也看到一些不变，遇到当年的少年伙伴，看到他们成了创业者，从无到有，从少到多。也看到许多进入生命晚境的村里老人，在他们夹杂着咳嗽与烟味的讲述中，外面的世界像是神笔马良所绘，他们惊奇地看着，这里一笔，那里一笔……每回一次故乡，我都会更深地感到一种时间的重量，呼啸着，带着物质，也带着非物质，既沉甸甸，也轻飘飘，让我魂魄有动，更有种目力无边、风光旖旎之感。我知道，这是加载了四十年时间长度之后的分量，不独是我的故乡我的世界，而是更多人的故乡与世界，在时间与记忆里，岁月流金，凉热与共，作为一个年已半百的写作者，我想时间到了，可以写写从故乡和人们身上流过的时间了。正是源自这样的触动，我写作了比我以往所有小说都更见"时间"刻痕的长篇《金色河流》，这本书里有四十年的跨度，正是我从有记忆开始的，整个中国大地上意气风发的四十年，某种意义上说，时间正是这本小说的重要元素，它塑造着，宽容着，混沌着，也

故 乡 来

覆盖着，更替着。它是我们这代人共同的河流，循着这条长河，我们永远可以溯回到心灵深处的故乡，继而再次踏上通往辽阔之处的旅程。

精神

涿州奠定了我精神的底色，

给了我面对世界的底气。

李云雷

的底色

我不是职业作家，但我最近几年又拿起了笔，陆陆续续写出一些小说，出版了《再见，牛魔王》《沉默的人》两部小说集，书中所写的大都是关于故乡、童年的故事，不少朋友都问过我，我也常常问自己，为什么要写这些小说呢？

我主要是一个当代文学的研究者和批评者，但是我在研究中渐渐感到，仅仅从理性与理论的角度去把握，难以整理生活中那些无法化约的珍贵经验与情感碎片，而小说的形式却为更加充分地把握这些碎片提供了可能，于是我便提笔一路写了下来。那么，这些无法化约的经验是什么呢？可以说既有时代经验，也有地方性经验，还有个人的亲身体验。

一

从时代的角度来说，作为一个"70后"，我亲眼见证了改革开放的过程，亲身体验到了上世纪80年代整个社会的蓬勃朝气，90年代市场经济大潮涌起时的社会躁动，新世纪奥运会举行时的全民狂欢与自豪感。进入新时代之后中国人的底气与自信，数十年间中国飞速发展带来的翻天覆地般的变化，已经远远超出了当初的想象。从现在的视野去看改革开放初期的中国、革命年代

君自

的中国乃至传统中国，我们简直难以相信那时的中国竟然是那样的——那样的穷苦贫乏，那样的奋斗牺牲，那样的落后保守，而我们今天则像置身于一个完全崭新的新世界。

中国的飞速发展剧烈变化，对于我们民族国家来说是梦寐以求的，也是无数先辈为之奋斗牺牲的。但对置身于具体历史进程中的我们来说，也会带来一些问题，其中最大的问题就是个人经验的陌生化——也就是说，我们熟悉的那个世界正在慢慢消失，而出现在我们面前的则是一个越来越陌生的世界。

这从很多方面来说是好事，比如我们的吃穿住行等物质条件越来越好了，在精神上也有了更多的自由与选择，但如此飞速与剧烈的变化也会带来主体的震荡和内在自我的裂变。就像一个人走得太快了，但是他的心灵还留在昨天；就像我们现在简直很难想象10年、20年、30年前自己的日常生活；就像鲁迅先生所说的，我们都是"历史的中间物"，是时代发展链条中的一个小小环节。而伴随着时代更新更快的发展，我们是否会被历史淘汰呢，如果那样的话，我们生命的意义又何在？

更重要的是，个人经验的陌生化也会带来代际经验的陌生化。我们成长于改革年代，没有经历过父辈经历的战争、饥荒与革命，很难进入他们的内在世界。同样成长于新时代的子辈，也没有经历过我们经历的80、90年代和新世纪初，也很难进入我们的内在世界。所以我们永远不能再像父亲那样生活了，而我们的子辈也不会像我们一样生活，我们就像孤独矗立在海边的礁石。

"前不见古人，后不见来者"，那些独特的时代经验和珍贵的生命体验只能封存在我们的记忆中。当然个人与代际经验的陌生

化也不是绝对的，所有人毕竟要面对共通的人生问题，但我们也应该面对社会迅速发展所带来的内心安稳问题。

《再见，牛魔王》《沉默的人》中的小说，就是我在意识到"现在之我"与"过去之我"的巨大差异之后，重新返回过去的时代，以重建内在自我的有机连接与安稳。小说中出现的乡村大多是80、90年代的乡村，小说中出现的"我"则是童年、少年时代的"我"。我以小说的方式重返故乡与童年，但在对那时、那地、那人的书写中，又带着现在之我的眼光，以及现在之我的问题意识。

二

说到地方性经验，我在山东冠县出生成长，当时并没有家乡意识和对地方文化的自觉。只是到上大学之后远离家乡，才渐渐萌生了故乡意识，也逐渐加深了对冠县的认识。

我们冠县地处冀、鲁、豫交界之处，受儒家文化影响较深，也是出响马的地方，最初得名于春秋时的"冠氏邑"，在春秋时属晋国，在战国时属魏国、赵国，历代各有不同统属，在1952年平原省撤销后，属于山东聊城下辖的8个县之一。但是当我在家乡读书时，对家乡的历史并不关心，也没有自觉意识，那时只是感觉到我们这地方的贫穷、落后、保守、偏僻。

那时在山东，我家乡的经济是最穷最落后的，我小时候常吃的主食是红薯和玉米，只有过年过节才能吃上小麦面粉做的饺子或面条，但这相对于父母一辈来说已经是很好的了，起码能够吃饱。我母亲曾给我讲过她在饥荒年代去讨饭的经历，也讲过家里孩子无饭可吃，她回娘家时说不出口，我舅舅给她灌了半袋玉米，她背着回家一路边走边哭的情景。直到 80 年代中期，我们才能逐渐吃饱吃好了。

我最初从家乡那个偏僻小村庄来到北京这个国际大都市，最大的身份焦虑是来自乡村，而并非来自哪里的乡村。城乡文化与生活方式的巨大差异掩盖了乡村之间的差异，但随着时日见长，"来自哪里"的问题也变得愈发重要起来，我才得以重新审视我的家乡。

通过阅读县志和其他地方志，我才逐渐了解到，我记忆中的家乡虽然很穷，但是在旧社会这个地方更穷。我们这地方是黄河故道，那时黄泛区水土流失严重，长年风沙肆虐，新中国成立后才大规模植树防沙，挖河筑堤。

小时候常听家里人说谁"去挖河了"，但并不明白是怎么回事，我在小说中也多次写过我们村南边那条小河，但一直不知道这条河叫什么名字。记得小时候问过我父亲，他说叫"二干渠"，当时只觉得这不像一条河的名字，感觉有点奇怪。后来我才知道，这条"二干渠"是一条人工挖掘的河流，并不是天生就有的，而是我父亲那代人一锹一锹挖出来的。

再比如那时候我看到最多的风景就是白杨树，县城里，村前屋后，乡村道路两侧，到处都是白杨树，这也被我写进了小说之中，成了具有地域性的独特风景。但当时我以为这只是自然而然的风景，但其实并不是，种植毛白杨是我们县防风固沙的重要方式，曾被联合国世界粮食计划署确定为援助项目，我们那里现已成为全国绿化先进县，是中国北方毛白杨培育的重要基地，我们县为此还专门成立了林场、农场，这也是我小说中父亲离家30里去工作的那个"果园"的原型。

我在家乡时，从来没感觉到我们那里有风沙，对治沙的行为也所知甚少。那时虽然吃得不太好，但我能够感觉到天朗气清，云白草绿，后来我才意识到，我童年的天地并不是"自然"的天地，而是经过父辈改天换地之后的新"天地"。在风沙肆虐的年代这样的新天地是他们的理想，他们通过艰苦的劳动在自己手中重整山河，才为我们带来了这样的新天地，我们生长于其中而不自知，想起来不禁惭愧。

另一方面，一代人有一代人的使命，我们的父辈改天换地，我的同辈和后辈也在继续改变着家乡的面貌。1983年，我们村里架设电线安上了电灯。安电线的那一天我至今还记得，那天傍晚家家户户都安好了灯泡，等着电线联网，电线工拖着像螃蟹螯子一样的夹子在一排电线杆上爬上爬下。他后面跟着大队干部，干部后面是一群大人，我们这些小孩也跟着东窜西跑，兴奋得乱跳。等到电线工说，"马上就要来电了，你们回家去看看吧"，我们就向胡同里飞奔而去。

回到家里，我不停地拉着灯绳，开关咔嗒咔嗒地响，突然一下，悬挂在屋顶的灯泡竟然亮了，那是一个200瓦的大灯泡，亮得简直像个小太阳，我被这黑暗之中突然绽放的光明震惊了，没想到夜晚原来也可以这么明亮！这个晚上是我们村具有划时代意义的一个晚上，从此我们告别了昏暗的煤油灯时代，从此我们才慢慢有了电视，有了电扇，有了电所改变和带来的整个世界。

三

其实变化一直在发生，但当我们置身于其中时并不会有清醒的意识。我们村在 80 年代前期初步解决温饱问题后，开始大量种植经济作物——在我们那里主要是棉花，如果说粮食的丰收让村里人吃饱了肚子，那么棉花则让村民手里有了积蓄和零花钱。村里人开始翻盖房子，开始购买自行车、电视，整个村庄洋溢着蒸蒸日上的氛围，村里人的日子越过越好，也感觉越来越有希望和奔头，这个过程一直持续到我去上大学的 90 年代中期。

90 年代初市场经济大潮兴起，也冲击着我们这个小县城。我们村里有人率先引入机器加工木材，每台机器用工十几人，购销、加工、晾晒、捆绑一条龙，以个体企业的方式推动经济迅速发展。村里不少人发家致富，鼓起了钱包，村里掀起了第二轮翻建房子的热潮，水泥红砖结构的楼板房取代了以前的红砖木梁房，摩托车、电话安装渐渐普及，但村里有人开办工厂，有人进厂打工，传统的宗族、伦理关系也受到市场经济的极大冲击。

这一时期我每次回家，都能听到不少讨债的故事，金钱和欺骗的故事，以及兄弟合伙办企业失和的故事，这可以说是一个村庄工业化的早期，让我想起马克思、恩格斯在《共产党宣言》里所说的"撕下了罩在家庭关系上的温情脉脉的面纱，把这种关系变成了纯粹的金钱关系"，以及 19 世纪巴尔扎克、狄更斯等人的小说，但中国的国情又有其特殊之处，"熟人社会"的逻辑与市场经济的规则纠结在一起，出现了很多独特而引人深思的现象。

从 2006 年开始，我们村又进入了一个城镇化的时期，村里抓住修建东环路的契机，以村集体的形式推进城镇化，在村子西部新建了住宅小区。现在这个小区有住宅楼十余栋，村民大部分已搬至小区，几乎家家都有小汽车，生活与县城居民已经没有太大差异了。当然在这个过程中也出现了很多故事，关于拆迁的故事，关于上楼的故事，关于楼上如何养鸡养猪养狗的故事，关于兄弟姐妹争夺楼房指标的故事，等等。在这个时期，我每次回家都觉得村里更新了，更美了，但似乎跟我记忆中的那个乡村也越来越远了。

2011年春节，我乘车回家时才发现，我们县里修通了高速公路，但我不知道在哪个出口下来，打电话给我外甥，他说让我在最近的服务区下，他开车来接我。我在服务区下车后，一个人看着天边彤红的夕阳，不禁生起了一种巨大的沧桑之感。

短短二三十年间，我眼看着村里的黄土路变成了高速公路，眼看着遍地庄稼变成了遍地工厂，眼看着人们从土坯房住进了住宅楼，眼看着人们从骑自行车变成了开小汽车，这是何等巨大的跨越与变化啊！简直就像变魔术一样，远远超出了我们儿时的梦想。

当然发生变化的还有熟悉的人和风景，我所熟悉的村庄风景已经消失了，我所熟悉的那些人也都老了，有的已经去世了，像我的父亲、奶奶、伯父以及更多看着我长大的长辈，他们的逝去牵动了我太多的情感与回忆，不必细述。

2007年，为了修那条东环路，我们家的老房子也被拆掉了，当时我正在贵州出差，我姐姐突然打来电话，告诉了我这件事。我一下子愣在那里说不出话来，心上最柔软的某个地方似乎被刺了一针，我感觉到我好像永远失去我的"家"了。

这个老房子是我父亲和姐姐亲手盖起来的，是我出生成长的地方，承载着我所有美好的回忆，但是突然一下，就这么消失了。此后我们在新建的小区里给我娘买了一套房，但是我每次回家，都要到我家老房子的旧址去看一看，我始终觉得，这里才是我真正的"家"。

我在《再见，牛魔王》《沉默的人》等小说集中写到的"家"，就是我家的老房子，这只是一个普普通通的农家小院，但对我来说却是分外珍贵的，虽然这座老房子在世界上已经永远消失了，但却永存于我的心间。

四

到目前为止，我的小说大多写的都是童年时期的故乡及其回忆，并没有将上述沧桑巨变充分地表现在作品中，但这些沧桑巨变却是我创作这些小说的前提。正因为我的家乡已经发生了如此巨大的变化，我所熟悉的人和风景已经消失不见了，所以我才格外珍惜，想以小说的方式留住我记忆中的那些风景。

我们村只是华北平原上一个普通的小村庄，虽然变化巨大，但也只是时代和中国巨大变化中的一个小小角落。如果说有什么特殊之处，那就是我们这里传统文化影响深厚。我在小说里也写过，孔子的弟子冉子的墓就在我们县，孟子就是在路过我姥姥家那个村时留下了千古名言"富贵不能淫，贫贱不能移，威武不能

君自

屈，此之谓大丈夫"。

千百年间儒家文化浸润深厚，对父子、夫妻、师生等关系有一套完整的规则，讲究礼义廉耻，讲究家族文化，讲究伦理秩序，虽历经 20 世纪革命思想的冲击而仍有较多的遗留。

在我成长的年代，村里待客女性仍然不上桌，现在春节拜年仍然要给村里长辈"磕头"——我了解过各地风俗，现在仍然真正"磕头"的似乎只有我们那里，只是最近两年因疫情防控等原因而减少了。

如此"传统"的乡村，在迅速现代化的过程中必然会引发剧烈的思想冲突，漫长的农耕文明中所形成的交往规则与生活习惯，也在工业与信息文明的冲击下发生着裂变。改革开放以来，村民的家族意识、人情态度、生育观念、经济理念等各方面都发生了巨大变化，发生在我们这里的故事，不仅有"传统"与"现代"的矛盾，也有"现代"与"后现代"的矛盾，还有"传统"与"后现代"的矛盾，错综复杂地混合着不同年代、不同层次的丰富矛盾，远比 19、20 世纪欧洲经典小说精彩，只是尚待发掘和提炼。

现在我离开家乡已 20 多年，在北京生活的时间已超过了家乡，对家乡后来的巨大变化并没有亲身参与，但从家人亲友的经历和讲述中也对家乡的变化有所了解，而且远离家乡也让我有一定的距离去观察与思考。

我个人的经历很简单，但也包含着丰富的时代内容。我从一个贫苦的乡村少年考上大学，读到博士，又从事自己喜欢的文学与研究工作，其中有个人的奋斗与追求，但也拜改革时代所赐。在这个过程中，我不仅看到了故乡的沧桑巨变，也看到了北京的巨大变化。

我刚到北京来的时候，三环刚修通，地铁只有一、二号线，海淀还只是一个镇，颐和园的门票只要2块钱、月票4块，北京城的风光面貌还很古朴平实，就像当时热播的《我爱我家》所拍的街景一样。但一转眼北京就变了，现在不仅早就修了六环，地铁四通八达，海淀镇成了四环边上的一条街，颐和园的门票贵了，北京城的面貌更是崭新的，摩天大楼林立，新修的机场光滑平整广阔，一个全新的国际大都市矗立在世人面前。

故乡发生了巨变，北京发生了巨变，置身其中的我也在发生变化。我从一个乡村少年转变成一个小小的知识分子，我的内在自我被新的生命体验与一部部书不断解构，又不断重构，蕴含着丰富复杂的内在矛盾，现在的我已经不是从前的我了，或者说我已经不是单纯意义上的家乡人了，但家乡却奠定了我精神的底色，给了我面对世界的底气，也为我提供了观察时代风云变化的独特位置与视角。

在《再见，牛魔王》《沉默的人》中，我在精神上一次次返回故乡，那里是我生命的源头，保留着我生命最初的珍贵记忆，我个人虽然渺小平凡，但也可以从某个层面折射出时代的沧桑巨变，可以从往昔岁月中汲取面向未来的勇气，就像我现在最喜欢吃的是家乡的普通食物，就像在小说中我似乎仍是那个未经世事的少年。

梁庄归去来

梁鸿

终究要离开，终究要离开，终究要归来。

他们像候鸟一样，从四面八方飞回

北方的冬天，一切都是土色的。刮过的风，闻到的味儿，看过去的原野，枯枝横立的树，青瓦的屋顶，都是土黄色的。万物萧条，但因其形态多样，村庄、院落、树木、河流、坡地、炊烟、人，却也不显得枯寂。乡村的房屋和炊烟仍然是一种温暖的形态，引领着远在异乡的人们回到家中。

梁庄洋溢着节日的气息。车突然多了起来，走在村里，一个随意的空地，就停着小轿车、面包车或越野车，什么牌子的都有。它们屹立在那里，显示着主人公钱财的多少和在外混得如何。

平时空落落的村庄，忽然有些拥挤了。从某一家门口经过，会看到里面来回走动的很多人，听到此起彼伏的划拳声和叫嚷声。村中的各条小道上，居然出现了错不开车的现象。大家各自下车，看到了彼此，惊喜地叫着，顾不得错车，点支烟，先攀谈起来。在村庄里，绝对不会出现因错不开车相互大骂的情形，因为大家都知道，那车里的是自己熟识的，按辈分排还要叫什么的人。然后，就有几个乡亲凑过来，又惊喜地叫着，哟，原来是你这娃子，混阔了，不认识了，啥时候回来的？开车的年轻人一边忙着递烟，一边回答，昨天。人们哄地一下笑了，他旋即醒悟了过来，脸红了，换成了方言：夜儿早（昨天早上）。

在中国各个城市、城市的角落或在城市的某一个乡村打工的梁庄人都陆续回到梁庄过春节。花钱格外大方，笑容也格外夸张，既有难得回来一趟的意思，但同时，也有显摆的意味，借此奠定自己在村庄的位置。整个村庄有一种度假般的喜气洋洋的感觉，"回梁庄"是大的节日才有的可能，不是日常的生活形态，因此，可以夸张、奢侈和快乐。

福伯的大孙子梁峰腊月初十就回来了，他和五奶奶的孙子梁安都在北京干活。梁安开着他的大面包车，载着梁峰夫妻、父亲龙叔，老婆小丽、儿子点点和新生的婴儿，一车拉了回来。福伯的二孙子，在深圳打工的梁磊回来已有月余，他把工作辞掉，带着怀孕的妻子回梁庄过年，过完年后再去找工作。福伯在西安蹬三轮的两个儿子，老大万国和老二万立，和在内蒙古乌海市的老四电话里一商量，全家所有成员都回梁庄。春节大团圆。

其实每年都有很多人不打算回家，买票难、开车难、花钱多、人情淡，等等等等，但是，又总会找各种理由回家。回与不回，反复思量，最后，心一横，回。一旦决定回，心情马上轻松起来，生意也不好好做了，开始翻东找西，收拾回家的行李。

在内蒙古的韩恒文一大家子回来了。说是给爷爷做三周年的立碑仪式，这是恒文的提议。恒武和朝侠也没多说什么，立马放弃年前的好生意，三姊妹开着三辆车，浩浩荡荡地从内蒙古开往梁庄。

在湖北校油泵的钱家兄弟回来了。黑色的大众车停在他家大铁门外面，霸气十足。他们的父亲，梁庄小学优秀的前民办教师，现王庄小学的公办教师，每天骑着小电瓶车来回十几公里去上班。

他们的奶奶，瘫痪在床已经将近二十年，由他们的母亲经年服侍。现在，那个强壮的女人也胖了、老了，站在门口，看着来来往往的梁庄人，开朗地和大家打招呼。

韩家小刚回来了。我们在老屋后面院子里给爷爷、三爷烧纸，他从围墙外经过，站了下来，与父亲打招呼。他胖了，白了，穿着深蓝色羽绒服，西服裤，很是整齐。他在云南曲靖校油泵，韩家有好几家人都在那边干活。他们几家各开几辆车，一天一夜，中途稍作休息，直奔梁庄。

北京开保安公司的建升回来了。说被电视台忽悠了，电视每天放着回家的节目，看着看着，他哭了，说，走，回家。开着车长途奔突回来。回来了，也不激动了，但也不后悔。

在广东中山市周边一家服装厂打工的梁清、梁时、梁傲都回来了。这些梁庄的晚辈，我都打过电话，彼此联系过，但是，至今我还没有见过他们。

校油泵的清明从西宁回来了，在梁庄广撒英雄帖，约请大家腊月三十那天到他家喝酒。

"尽管一百次感到失望和沮丧"，尽管梁庄"像采石场上的春天一样贫穷"，但是，每年，他们都还是像候鸟一样，从四面八方飞回。回到梁庄，回到自己的家，享受短暂的轻松、快乐和幸福。

古老的程序在自然延续

农历腊月二十三，小年夜，梁庄家家都吃了火烧。所不同的是，很多家是在吴镇买的，就连年龄稍长一点的人也不愿意再一个个在锅里炕了。不过也有例外。二堂嫂的儿媳妇怀孕，她不愿去街上买，怕不干净，就自己盘了一碗纯肉馅儿，发了面。晚上，二嫂把煤炉搬到堂屋，坐在煤炉旁，这边一个个地炕，那边一个个地吃。掰开滚烫焦黄的面饼，里面突然冒出来的肉香能让人无限陶醉。犹然记得小时候，在昏黄的煤油灯下，扒在锅台边，眼巴巴地看着姐姐炕饼时的情景。那是冬天温暖和充实的记忆。我们知道，吃到火烧，春节就正式来了。

"二十四扫房子。"即使在北京，在腊月二十四那一天，我也会大动干戈，把整个家大动一次，里里外外打扫一遍。我相信，很多从农村出来的人都有这一习惯。嫂子挽着袖子，用围巾包着头，把床、家具用报纸或旧床单蒙着，指挥哥哥打扫天花板上的灰尘和蜘蛛网。他们两人在屋里院子里来回忙碌，清理出尘封一年的藏在房间各个角落的垃圾，捡出一个个已经消失一年的还有用的东西，抱出一堆堆的衣服。

年三十的早晨，嫂子搅了半锅浆糊，拿着一个大刷子，在家里的各个门上刷浆糊，里屋外屋，诊所内外，哥哥拿着对联，在后面一张张地贴。

那几天在村庄来回走动，各家串门，发现这些回乡的男人们每时每刻脸都红扑扑、醉醺醺的。他们也在各家串着，相互约着，东家喝完西家喝。万国大哥有严重的胃溃疡，总是在一开始嚷嚷着不喝不喝，结果，坐到酒场上，就不起来。而每次见到四哥，他总是涨红着脸。当年他在家时，和我哥哥关系很好，也曾在梁庄小学当过短暂的民办老师。四哥英俊，剑眉大眼，方脸直鼻，

君自

头发遗传了他母亲的卷发，垂过耳边，优雅洋派。看见我，他总是一把搂过我的头，说，妹子，你说我们多少年不见了？看见小孩，就问，这是谁家的小孩？一说是本家的，就从口袋里掏出一百元的红票子，往人家怀里塞。有时四嫂站在旁边，又不好拦，就眼斜着看他，他也只装着看不见。

清明家的院子已经站满了人。大哥、二哥、四哥都在，已处于微醉状态，还有万峰，万武和韩家一些他们同年龄段的人。清明老婆和其他一些媳妇们在厨房、院子、客厅之间来回穿梭，拿菜，洗菜，摆碗具，忙个不停。这些梁庄的青年媳妇，个个穿着洋气，高跟长筒靴，黑色紧身裤，过膝羽绒服，头上扎着各种发夹、头花，进进出出，飘摇招摆。一顿饭几个小时下来，她们得不停地来回跑，让人很担心那高跟筒里面的脚是否受得住。

清明家的两层楼居然还没有装门，敞开着，门边框还露着青砖茬子。风直进直出，大家就像直接坐在野地里，比野地还要冷，因为这是一道风进来，一个方向吹人。

梁庄的男人们已经进入状态，这将是又一次不醉不归，这些长年不在家生活的男人们仿佛要把这兴尽到底，要撒着欢儿、翻着滚儿释放自己所有的情绪。

不管是青屋瓦房，还是红砖楼房，古老的程序也在自然地延续。

年三十的下午，是给逝去的亲人上坟烧纸的时间。人间过年，阴间的亲人也要过年。鞭炮响起，惊醒亲人，让他起来拣亲人送来的钱，也好过一个丰足的年。

在老屋的后院给爷爷、三爷烧完纸，放过鞭炮，我们又朝村庄后面的公墓去。我没有再到老屋去看。老屋的院子被已有点疯傻的单身汉光虎开成一畦畦菜地，房顶两个大洞，瓦和屋梁都倒塌了大半，雨、雪直接泼到屋里。已经没法再修了。枣树也死了，夏天的时候，我回去看，只有一个枝桠长出嫩弱的叶子，并且，没有开花结果，其它枝干全部枯死了。

通向村庄公墓的路越来越窄，没人管理，大家都各自为政，拼命把自己的地往路上开垦。上坟的时候，那些开车的人也只好碾压在绿色的麦苗上了。

许多人都朝着公墓那边走，大人，小孩，开车的，骑自行车的，走路的，大家边走边说，并没有太多的悲伤，就好像也是在回家。

烧纸，下跪，磕头，放鞭炮，四处看看，发发呆，聊聊天，拔拔坟上的杂草。有爱喝酒的，家人会带一瓶酒，把酒撒在燃烧的纸上，让火烧得更旺些，让死去的人闻到那酒的香味，把剩余的酒放在坟头上，下面垫一张黄草纸。喝吧。

我看到了福伯家的男人们，大哥、二哥和四哥，堂侄梁平、梁东、梁磊，正按照长幼依次在新坟和旧坟前磕头。梁磊、梁东、梁平走到坟园另一边矮点的一座坟上，烧纸，磕头，提着燃烧着的鞭炮，在坟边绕了两圈，大声喊着，"小叔收钱啊。"

这是我第一次看到小柱的坟。小柱，我少年时代最好的朋友，离开家乡，就在半路上死掉。他的坟在墓园地势较低的地方，几乎淹没在荒草之中，坟头有新培的土。小柱的女儿小娅也跟着过来给小柱磕头，她是拜她的叔父，她已是三哥的女儿。四哥十来岁的儿子，拿着打火机，点那密密的、枯黄的荒草。"轰"的一声，火苗蹿了起来，瞬间，那一排排草就倒下去，变为了灰烬。"小柱。小柱。"我站在坟边，在心里默叫了两声。

站在高高的河坡上，看这片平原。浅浅绿色的麦田里，一个个坟头零落在其中，三三两两的人，来到坟边，烧纸，磕头，然后，拿出长长的鞭炮，绕坟一圈，点燃，捂着耳朵飞快地往一边跑去。淡薄的青烟在广漠的原野上升。鞭炮声在原野上不断响起，这边刚落，那边又起，广大的空间不断回荡着这声音。

又一年来了。

正月初一的大酒开始了

"初一（儿）供祭（儿）"，就是敬神。三十晚上已经把猪头或肉摆好，插上一双筷子，再放一碗饺子。初一早晨，插上香，全家拜一拜。大功告成。然后，穿着新衣服，端上碗，跑遍全村，各家相互端饭。最后，各家锅里的饭都是全村人家的饭，一碗饭也是百家饭。然后，就是全村人相互串着，各家跑着拜年。现在，饭早已不再相互端了，拜年却没有中断过。

吃过早饭，我们会把父亲敬到沙发上，让他坐好，我们给他磕头拜年要压岁钱。父亲大笑着说，"你们就来骗我钱吧。"哥哥、嫂嫂、我和侄儿依次给父亲磕头，张着手向父亲要压岁钱，父亲左右挡着，晃着他那花白的头说，"不行，你们都大了，不给你们了。"我们仍然张着手，父亲假装抗不过去的样子，从口袋里掏出早已准备好的红票子，一张张仔细数着，很得意地说，"今年一人两张。"我们一个个把钱抢过去,兴高采烈地在口袋装好,嘴里也得意地嚷嚷着,"爹给的钱,一定得保存好"。父亲已然老去,大家都想着法子让他开心。他能给我们钱,我们还要他的钱。他依然在养活我们,我们依然是仰赖他成长的小孩。那种感觉,对他对我们,都是幸福又伤感的事情。

年初一的上午八九点钟,梁庄喧闹无比。拜年开始了。父亲、我、哥哥、侄儿,这是我们一家出行的人。年长的老人一般都会等在家里,让那些晚辈先过来拜年,到中午的时候,才到事先约好的哪一家,坐下喝酒。

村里的各条小路上都走着人。以家族为单位,中年夫妻带着年轻的儿子、儿媳,儿子、儿媳又抱着、拉着自己的孩子,都穿着崭新的衣服,喜气洋洋地走在路上。见到另外一群,就停下来,寒暄一会儿,问对方都去了哪家,如果之前没有在村庄碰过面,就会再问什么时候回来的,什么时候走,然后扬着手分别,说"一会儿在某某家见啊",各自往自己要去的方向走,或者就并到了一块儿,一起往哪一家去。

有许多熟悉而陌生的面孔。熟悉是因为大家彼此都还会认识,当年的相貌轮廓还在。陌生却是岁月留下的各种痕迹。

人群里有很多年轻的、陌生的面孔。这几年的调查、访问也只认识到三十岁左右的梁庄年轻人,二十岁以下的男孩女孩我几乎都不认识。他们平时也很少跟着父母一起出来,要么出去打工,要么在城里寄宿学校读书。

我们先从村头五奶奶家开始串。五奶奶家里已经站满了一屋子人。客厅的一个方桌上摆着四个盘子,炸麻花、凉拌藕片、牛肉和小酥肉，一把筷子、一摞小酒杯、小酒碟放在旁边。五奶奶张着嘴，笑着，迎来送往，一定让着人家，"坐一会儿，坐一会儿啊，吃个菜，喝口酒再走。"大家笑着，说，"一会儿再来，一会儿再来，还没有转过来圈儿呢"，然后，出院门，再往另一家去。五奶奶看见我，惊奇地拍着手迎过来，"四姑娘来了啊"，她可能很意外，平时老在家就算了，年初一，这出了嫁的姑娘还在娘家村里胡跑，可就不对了。龙叔拉着父亲的手，往桌子边扯着，说"二哥，别走了，上午就在这儿，咱哥俩儿好好喝一杯。"

又到李家朝胜那儿去，他的母亲马上就要过一百岁生日，是村里名副其实的老寿星。朝胜家刚盖了一个三间平房，门前那旧屋的木梁还没拆掉，倒塌的土墙，孤零零的屋梁，和新房映衬着，有强烈的时空错位之感。朝胜的儿子刚本科毕业，在浙江一个公司上班，也回来过年。老寿星坐在门口，晒着太阳，她坐在那里，颤巍巍地听我们的问候，她的身体还不错，头脑也很清楚，能够听明白我们的话并能够准确地回答出来。大家都围着她，一边感叹着。这样一个老人健康地活着，这是梁庄的宝贝。

我们从梁家，转到李家，韩家，见了许多老人、熟人和陌生的年轻人，又转回到我们的老屋旁边，老老支书家里。老老支书的院墙已经坍塌了一半，站在外面能看到院子里的活动。

看到我们进院子，老老支书的大眼一瞪，连声说，"屋里坐，屋里坐。"屋里的摆设仍然是几十年如一日，他的一个高大的孙儿坐在正屋一角看那十几寸的闪着雪花的电视。这是他家老三的儿子。老三长期在荥阳一家工厂卖饭，去年送儿子回来到吴镇高中上学。

待转到二嫂家，十二点已过。梁磊梁平他们正围着煤炉打牌，看到我们进到院子，赶紧扔了牌，摆桌子，上茶。一会儿，二哥风风火火地进来了，嘴里叫着，"二叔，咋才来，我还说跑哪儿了。中午哪儿都别去了，我已经给老大、光义叔几个说好了，都到我这儿喝酒。娇子（二嫂，我才知道她还有这样一个俏的名字）早就准备好了。"我问二嫂去哪里了？二哥不屑地说，"哈，和几个女的去街上拜土地庙去了，一会儿就回来。"

梁庄已经没有土地庙，但是，在梁庄通往的吴镇路上，不知道是哪个村庄什么时候建了一个小的土地庙。每年正月初一，梁庄的女人们就会去拜一拜，烧烧香。

话刚落音，二嫂回来了，笑着说，"你们可来了。"二嫂端出早已备好的四个凉菜，让男人们先喝着。大哥、三哥、四哥来了，龙叔也一扭一扭过来了，他是找父亲来的，也是找酒场来的，来了当然就不走了。万民也来了，清明也来了。

正月初一的大酒开始了。

离别总是仓促

冬去春来。又是出门的日子。仅十来天时间，阳光给人的感觉已经有所不同，年三十的寒冷已经远去。稀薄的暖意弥散在空气中，虽有些凄凉，但毕竟还预示着未来的希望。

梁庄的喜庆如潮水般迅速消退。院子里的小轿车后备箱都打开着，老人往里面塞各种吃的东西，春节没有吃完的炸鱼、酥肉、油条，家里收的绿豆、花生、酒，还有春节走亲戚收到的各种礼品，后备箱怎么摆也摆不下了。老人还要不断往里塞，儿子媳妇则不耐烦地往外拿，嚷嚷着说吃不了，会坏的。老人生气了，回到屋里袖着手不说话，儿子媳妇只好又把东西塞进去。然后，一辆辆车往村外开，上了公路，奔向那遥远的城市，城市边缘的工厂、村庄，灰尘漫天的高速公路旁，开始又一年的常态生活。

路边到处是大包小包等公共汽车的人。他们站在路边，心不在焉地和送别的家人说着话，因为等得太久，该说的都说了，也不知道如何填充这应该表达感情的离别时刻。老迈的父母站得太久，腿有些站不住了，十几岁的孩子则急着回去看电视，扭着身子不愿意和父母多说话。等到上了车，大家才突然激动起来。在车里的母亲噙着眼泪，扒着车里拥挤的人往车窗边移，往窗外张望，找自己的孩子。已初为少年的孩子手插在裤子口袋里，背对着公共汽车远去的方向。他不愿意让母亲看到他的不舍。

在西安的万国大哥和万立二哥正月初十走了；去乌海的四哥正月十一走了，在村庄的这十几天，他一直处于醉的状态；梁安一家、梁峰夫妻和三哥夫妻又坐上梁安的车，于初九出发，走时把一直处于迷失状态的梁欢也带上了，五奶奶站在村口，对着他的大儿子、大孙子，千叮万嘱，一定要把梁欢照顾好；一直在村庄活跃的清明初六走了，到西宁他那孤零零的校油泵点儿，在家的十来天，他似乎要把憋了一年的话说完，忍了一年的酒喝够；梁时正月十六去中山，留下怀孕的老婆，走之前他再次交代父亲万青，不要管那么多村里的事，他回来的十来天，女儿一直不跟他们睡，她只要她的继奶奶巧玉；在云南的、贵州的、浙江的和各个城市的梁庄人，在某一天黎明时分，也都悄悄离开村庄，以便当天夜里能够赶到那边的目的地。

离别总是仓促，并且多少有些迫不及待。

犹如被突然搁浅在沙滩上的鱼，梁庄被赤裸裸地晾晒在阳光底下，疲乏、苍老而又丑陋。那短暂的欢乐、突然的热闹和生机勃勃的景象只是一种假象，一个节日般的梦，甚或只是一份怀旧。春节里的梁庄人努力为自己创造梦的情境。来，来，今天大喝一场，不醉不归，忘却现实，忘却分离，忘却悲伤。然而，终究要醒来，终究要离开，终究要回来。

永远也无法完成的赎还

即使注定无法还清，

我也无从落叶归根。

袁凌

赎还

一

上个月我回了一趟老家，参加三舅娘的葬礼。

虽然是疫情防控期间，很多人出门打工也没回来，人依旧不少，也算热热闹闹。三舅娘活了将近八十岁，比我的母亲去世晚了三十几年，也算喜丧了，我的心情却始终有些沉重。

其实从这年开头，我就知道三舅娘的日子不长了。或者说还要早，在她最终离开筲箕凹的时候。一旦离开那个山村，到了广佛镇上，她似乎完全变了一个人，失去所有的活气。春节回乡，我在汉表哥的楼房里见到她的时候，她恹恹地歪在电炉子旁的沙发上，勉勉强强地认出了我，也懒于询问我的近况，对于大家的聊天完全置身事外。当时我感到，我认识的三舅娘已经死去了，只是还需要一段时间，来摆脱这个躯壳。我知道，她不会拖过这一年。果然她在九月份摔伤了腿，在床上拖拖拉拉了两个来月，就迎来了最终的结局。

大家似乎也在等待着这一天，终于松了一口气的样子。丧礼上没有一个人掉眼泪，烧纸也不殷勤，转灵的人到半夜不剩两个。第二天送棺材上筲箕凹安葬，五个子女各忙各的，到了筲箕凹没人放鞭炮，落土时发现连火纸线香都忘了带，不得不临时联系人再从广佛镇买了捎上去。我感到这场葬礼有些不得体，和小时候那些虽然寒俭却隆重的丧事不一样。

随着三舅娘的逝去，我感到和故乡的血脉联系又断了一根，而且是很重要的一根。我们两家挨着，堂屋共用一面土墙。小时候，三舅娘拿自家的窝窝头给我们吃，那时我家一年到头吃不上干饭，只有玉米糊糊掺洋芋。三舅娘和母亲的关系最亲近，有最多的话讲。当所有人在城镇化搬迁中渐次离开山村，包括年纪更大的大舅、大舅娘和二舅娘，山村空了下来，她成了最后一个留守的人。

"街上哪里有空气哟？"她说。

三舅娘是一位语言大师。她的方言灵机百变又带有某种幽默，古经轶事层出不穷。这被乡下人认为是一张"侉侉嘴"。但三舅娘也是一位劳动大师，她种黄瓜是一绝，比得上叠床架屋的森林，秋天满园垂挂的金色黄瓜像是辉煌的宫殿。她种的包包菜有脸盆那么大。她和我母亲一样会养猪，动不动四五百斤，肥到被老鼠咬缺了耳朵也懒得起身。

留守的那些年，她拖着膝盖里像是有木块的腿干农活，养猪，照顾智障的孙子。每次被接到镇子上，待不了三五天她就急着回来。那些年，我回笤箕凹的目的之一是看三舅娘。她还在这里，意味着某种东西没有彻底消失。我屡次设想过回到笤箕凹，和三舅娘同住一年半载，和她一起干农活，听鸟叫，呼吸空气，听她说话，讲故事，记录下乡村的往昔。

直到三舅娘去世，这个想法始终没有实现，似乎是有很多比这有意义的事，但那些意义似乎又是捕风捉影。三舅娘去世了，我感到某种轻松，却又带着怅惘，我的生命又轻飘了一分。

这次我还见到了智障的昆娃子，跟随三舅娘一起搬到镇子上之后，他一直闹着要回来，一天到晚不说话，即使他路都开始走不稳，没有人认为他可以在山村独自活下去。但现在他回来了，独自住在搬空了的老屋里，扶着墙壁走路，凑合着弄自己的饭菜，奶奶回来落土使他心安。我想他一定会时常蹒跚地走过屋旁的坡地，去看望埋入土中的奶奶，两个乡村的留守者用沉默对话，说着已经失传的语言。

在坎上的院子，二舅家的羊表弟回来搞农场，养土鸡、猪，种植魔芋。他厌倦了周而复始地出门打工，希望可以在生身之地养活自己与家庭。他的事业刚刚开头，前途未卜，在和我的交谈中，他一再希望通过我的某个朋友申请国家的魔芋种植项目补助。

二

我并不是一个一开始就有意书写故乡的人，最初的写作方向是希腊神话，唐诗，以及革命。2001年在重庆，我忽然想为故乡写点什么，既然我已经离开了这么久。忽然，我想到了写死亡。那些在矿难、饥荒和贫病中逝去的形象历历出现在我的眼前，一个个都还清晰。既然故乡将逝者的记忆保存得如此完好，既然乡亲们拥有的大多是卑微的人生，那么他们的死亡，虽然也同样卑微，好歹总是值得记上一笔吧。

写完这部书稿，我感到与故乡的关系发生了变化，它成了我最可靠的写作对象。而且我感到需要在现实中去修复这份关系，让它更为真实可靠，这样我的文字也才会更加真实可靠。

就像童年的状态一样，我对于家乡的关系是半心半意的：母亲是挣工分的社员和文盲，父亲却是中专生和工农兵大学生；我在八岁时离开山村到小镇上上学，却又在每个周末跋涉30里路回到筲箕凹，再在周日步行同样的路程回镇子去上学；十三岁我离开了家乡到市里，十七岁考上大学到省城。尽管我在大学毕业后就尝试过回乡扎根写作，最后却在旁人的偏见中落荒而逃；尽管我在"大城市、大农村"的吸引下由上研究生的上海来到了重庆，却没有真的去下乡做驻站记者。我找了一位家乡的姑娘做妻子，一再尝试把她带出来，但并不成功，在我离开重庆去更遥远的北京时，她回到了家乡，在小镇上教书，家里在路边开店。一切的一切，都在说明着我与故乡的牵扯不断却又虚实难辨。

我想要有天打破这种状态，让关系变得更真实，让我的文字之中不再有心虚之处。在频繁的回乡中，我也感到家乡走到了一个城镇化的临界点上，它正在经历断裂和死亡，我需要在这个时间陪伴它，尽管除此之外我什么也做不了。于是有了后来的辞职回乡。原打算待上两三年，实际却只是一年左右，起初住在一座废弃的粮管所里，和一位唱丧歌看阴阳的"半仙"相伴，后来是在路边小店里，接触各色的乡下人，写作有关这些人的故事，"在故乡写故乡"。我觉得这样写出来的文字，和在远方写的不一样，尽管有人说距离产生美感，我却更想要真真切切触摸到的实质。我不喜欢八九十年代作家们笔下的乡村，人们关心的不是乡村自己。我也对田园牧歌、诗和远方感到陌生。这是观光者眼中的乡村。我经验中的乡村，百分之八十的时间人们在劳动，一切在劳

君自

动上生长起来，他们的人性并不比城市里的人更扭曲，但也并非更粗疏。它承担了自己的义务，接受了自己的命运，不管这种命运是什么。我想传达乡村的命运。

我记录那些在大路上经过像灰尘一样的穷人，那些在山上打转没有出路的年轻人，那个在心中装满了神话和传说的妇女，那些在老去中变得陌生和失去了尊严的化石一样的老人，那位一生失败却参透了自己生死的歌郎，那些在瘫痪的床上和失明的黑暗中坚持，像绵绵青苔一样注定没有出路的受难者。我还想记录因为电站引水正在死去的河流，被杀害的动物，搬空了的房子和窗棂，我想为家乡的每一条沟每一位逝者立传。在这期间，我写下了十几篇小说，后来离开后又陆续写了一些，形成了两本关于家乡的书《我们的命是这么土》和《世界》。

这两本书在反响上是失败的，就像我回归故乡的尝试最终失败了一样。我败于世事的变迁，败于意志的不坚定，败于他人的冷眼和我的过于敏感。作品当时无法发表，我的身份成疑，没有收入。我和家乡的关系仍旧是不真实的。

当我最终仍旧回到城市，我的婚姻也终究失败了，其间还包括一次失败的打算置买土屋，在家乡真正安顿下来，从事劳作与写作的尝试。我意识到只有生活与写作合一，才是写作的真正伦理，这样写下的文字才有神性的力量。一瞬间的犹豫，一点点的无力阻止了我，使得其后的一切可能性无法展开实现。我不是现代版的陶渊明，我的家乡没有田园牧歌。我的心中从此充满了失败感，直到现在也无法抹去，此后所做的一切，不过是在这种失败感之中的挣扎，想要让它变得缓和与可以承受一些，找到某种出路。

那几年我写了大量的诗歌，都是关于对故乡的负疚和失败。现实中，我并没有完全放弃和故乡联结的努力。我尽量多地回乡，有段时间和当时的女友在家乡开了一家淘宝店，替乡亲售卖山货，甚至终于在家乡买了一栋石板土房子，将它翻盖为瓦顶，还附带有几块菜地，一片树林。但装修差了最后一步，我并没有真的去住。淘宝店也失败关张了。无论我怎样尝试，其实已经无法回到故乡安顿了。

三

我出生的箐箕凹一天天地空落下来。曾经它非常热闹，繁衍了众多的人丁，我们同一辈的孩子逗祸（注：方言，游戏）可以组成一支"部队"。过年的时候吃流水席，家家轮番请客，一次要摆十几桌，酒足饭饱上了赌桌，楼上楼下要开好几局，熬得昏天黑地，却不忍心去睡，不是贪图输赢，是舍不得过年的气氛。老年人围着生得红堂堂的煤炭炉火守岁讲古，我常常在赌桌和火炉中间心思徘徊，抓住这头舍不得那头，一个人不够过两份年。

后来人们大都出门打工，平时山村就冷清了，只是过年回来陡然热闹上一番，而且是加意翻番。山村就在热闹与冷清中循环，像是得了一种打摆子病。再到后来，人开始搬走了，开始是一家一户，出去做生意，迁往远方，或者买了低山人的房子。再后来二舅家的忠表哥在镇子上买地皮起了一排房子，卖给了亲戚家好

君自

几间，院子里的几家一块搬下去了。只剩下留守的两家。再后来扶贫搬迁，村里的小学也撤了，娃儿要到镇子上读书，留守的三舅家富表哥也搬下去了。笤箕凹就只剩了三舅娘留守。二舅和三舅已经先走了，埋在坡上。大舅和大舅娘早早搬下了镇子，死在镇子上，埋在附近的山坡。我的母亲是最早离开山村和死在镇子上的，在镇子后面的山坡上已经长眠了几十年。她很想回到笤箕凹，但是出了嫁的姑娘没有回娘家安葬的道理，即使我们从小一直都住在妈妈的娘家这头。

现在三舅娘也去世了，如愿回到了笤箕凹安葬。我想自从离开山村，这是她心心念念在等着的事情。在镇子上活得更久一天，就意味着这件事情变得少一分牢靠。因此她收起了多余的活气，有意缩短了生命最后的期限。我相信她是这样做的。

不光是我出生的山村，周边山山岭岭的住户也都在搬下镇子，已经修好的村村通水泥路废弃了，院子里没有人住了，一整座山一整条沟地空落下来了。很多人死去了。我们生产队上的向家四兄弟，老大在山西的矿上死于非命，老二得尘肺病死去，老三也因为尘肺奄奄一息，长年在外飘荡，只有老四搬到县城，娶了自己曾经的长嫂，老房子就没有人了。

在三舅娘的葬礼上，我见到了很多家乡的老人，他们全都搬到镇子上来了，往往是住在靠近镇子的某条沟某个旯旮里，因此平时在街上也见不到他们。他们似乎是借三舅娘的去世来亮个相，聚个会。这样的机会不多了。平时，他们几乎都是沉默的。离开了劳动和栖息的山村，他们全都成了影子一样的人，活气在他们身上消失了，只是没有三舅娘那样彻底。

故乡来

镇子越来越发达，也不再是我少年时熟悉的广佛镇。平时仍然多数人在外打工，过年回来热闹上一阵。自从禁止放鞭炮，热闹也减少了，剩下的是吃饭。搬到镇子上以后，吃流水席的风俗也废止了，各家关起门来吃顿好的。再剩下的就是赌钱。赌钱成了最大的事情，形式由从前的摆天、打川牌到扎金花和搓麻将，搓麻将成了最主导的方式。

起初我回到镇子上过年，仍然参与扎金花，毕竟这是大家一起的娱乐。但是有一天，我忽然对此失去了兴趣。镇子上的玩牌和山村里不同，没有了那种气氛，只剩下输赢而已。输赢越来越大，流传着很多因为玩牌家破人亡或者反目成仇的故事。我成了看客，不合群的人，从此过年对于我成了一件尴尬事。每到年末回乡，我失去了期待的心情，只剩人情世故的压力。

倒是在遥远的异乡，和打工的亲戚朋友们相遇的时候，能够找回某种往昔的记忆。有一年我去广州，这里的罗冲围附近一个货运部里聚集了十几个老家的表兄弟和亲戚，大家打完了包之后赤着膊去街边吃烧烤，啤酒和烤串生蚝一直吃到晚上两点多，讲了很多老家人的事情，我似乎又找到了一点往昔听老年人讲古的感觉。不知道长年累月在远方的漂泊，和过年那几天回乡的热闹，哪一样是更真实的。在牌桌上如鱼得水昏天黑地的赌徒，和在货运部里汗流浃背打包的打工者，哪一种又是更真实的他们。

回到家乡却像个陌生人的我，与身处异乡找不到安顿的我，哪一个又是更真实的？自从那一次失败开始，我已经从意义的世界被放逐了。

四

接下来的事情，是在被放逐之后继续写作，作为某种永远也无法完成的赎还。我仍然写作家乡的人事，似乎不能写作别的，如果尝试别的就是一种亏欠。当时我很喜欢诗人雷平阳的一首诗，他说，我不是中国人，不是云南人，不是昭通人。我是昭通市下面某个乡的人。我的爱像针尖上的蜜，只够给这么大的一块地方。当时我也感到，我的文字像是针尖上的蜜，只够给家乡这么大的一块地方。

直到有一次在新书沙龙上，一个第二次参加我沙龙的女孩提问，为什么不能写外面，写现在的我们呢？我们身在异乡的漂泊，也是真实的生活呀。

我回答她说，我知道应该写，我也是一个北漂。但我还没有完成书写家乡的份额。只有把这个份额完成了，我才和家乡达成了某种和解，可以尝试写外界，写当下的我们。

这个份额并不容易完成。为了缓解焦虑，我尝试走出去，参与公益组织的田野调查，去中国各地的农村，关注更广阔的地域，更多样的人们，他们和我的乡亲是同一种人，他们生长的土地于我并不陌生。我去到沂蒙山区，看到那里沉默空落的石墙，负重的驴和清癯的土地。我去到中越边境，随装着一条假腿的乡亲走过遍布地雷的田野，感受他们重建家园的艰难。2015年，我开始了一项为期四年的乡村儿童探访计划，探访中国乡村深处的留守儿童、单亲家庭、大病孩子，以及都市边缘的流动儿童。我和同伴一起走过二十多个省份，踏入了大凉山区、十万大山、内蒙古草原、南疆沙漠、琼海渔村、雪山村落、北京六环，和各种各样的儿童一起生活，记录他们的艰辛、寂静与梦想。不仅仅是我们去关注那些土地与孩子；那片土地、那些天真勇敢的心灵，也给我带来了安慰。时至今日，我格外珍惜曾经的这段回忆，即使它充满了艰辛、不便与危险。它使我对于家乡的情感，和更广阔的生活与人群联结在了一起。

我也开始写作自己的经历，梳理成长的线索，试着回溯自己和家乡的关系，解开那些晦涩的情结，记忆的钉头。这些是我从前难于面对的。通过一次次地回溯和打量，进入一幅幅落满灰尘的场景，摩挲一道道心灵的褶皱，有一天我忽然发现，心理的负担减轻了，故乡放过了不堪重负的我，将沉重的责罚变做了怅惘的叹息，事情变得可以承受了，当然，也永远地失落了。

这是一种失败的胜利，无奈的安慰。是火焰燃尽后的微温，炎热过后的初凉。一番自我搏斗和折磨之后，我也已快到知天命之年。

我仍然在写作乡村，也尝试描述自己漂泊的状态。家乡是一笔永远无法清偿的债务，因为你的生命由它赐予，无法剔骨还父剜肉还母。但是无法偿清也没有关系，就像母亲，家乡从一开始就原谅了你。是我自己心里过不去。

我并不是说，这是家乡的失败。从很多方面看起来，它变得越来越好了。镇子上的生活远远胜于山村，很多人住上了近乎免费的房子，包括富表哥这样的贫困户。何况还有羊表弟这样回归山村的尝试者。失败的只是我自己，负债的也是我自己。

面对故乡，我唯一的办法是用微不足道的文字来偿还，即使注定无法还清，我也无从落叶归根。

亲爱的芳村

付秀莹

借着词语的光明，沿着文字的小径，一遍又一遍返回故乡，重回我的村庄，与我的亲人们重逢，谈笑，相拥而泣。

我出生在华北大平原上的一个小村庄，太行山以东，滹沱河畔，在我的小说里，叫做芳村。当然是虚构的名字。我的村庄另有其名，南汪。在我们县城以南，大约十几里路吧。实在是最平凡不过的北方乡村，偏远，安静，民风淳朴。一马平川的大平原，没有什么起伏，开阔而旷远。大多种麦子，玉米，棉花，大豆，谷子也种，谷田里常常立着稻草人，吓唬那些偷嘴的鸟雀们。大平原上风来雨去，庄稼地绿了又黄，黄了又绿，四季分明，干脆利落。

　　我在这里出生，长大，度过了天真无邪而又懵懂混沌的童年时代。我的父亲是生产队的会计，打得一手好算盘，字也写得好，算得上乡村知识分子吧，颇受人敬重。我很记得，家里常有那种厚厚的账本，纸张挺括，蓝的红的格子，上头是密密麻麻的蝇头小字。母亲呢，识字不多，却心地仁厚，端正秀丽，又是个极热心热肠的，人缘颇好。母亲爱干净，家里家外，都拾掇得干净清爽。我们姐妹几个，也被她巧手打扮，走到人前，一个个整齐体面。家里头常年串门儿的不断，你来我往，川流不息。大多是妇女们，也有做针线的，也有捡豆子的，也有只来扯闲篇的，叽叽喳喳，笑语喧哗。母亲笑吟吟的，招呼着款待着，是女主人的大方洒落。不知道说到什么，人们都笑起来，风摇银铃一般。阳光金沙一样漫漫落下，风从村庄深处吹过，一院子树影摇曳，满地铜钱大小的光斑晃动跳跃。我坐在门槛上，被这人世间的繁华热闹深深吸引了。我不知道，那大约是我一生中最好的时光，年幼天真，尚不知世事，而父母在堂，人情甘美。在父母的羽翼之下，在乡村的庇护之中，尘世的风霜还没有落在我身上。我在村庄里疯玩，在田野里奔跑，上树摘枣，下田摸瓜。麦子扬花了，玉米吐出紫红色的缨子，谷子垂下饱满的脑袋，棉田里棉花白茫茫一片，仿佛下了一场大雪。这慷慨无私的土地，年复一年，用累累果实回馈人们的辛劳，用收获的喜悦报答人们的诚实付出。草木生长的潮湿气息，夹杂着新鲜泥土的腥味，淡蓝色的炊烟升腾起来，饭菜的香气在村庄里缓缓流荡。母亲在呼喊孩子回家吃饭，一只狗忽然叫起来，而不知谁家的娃娃呀呀哭了。这鸡鸣狗吠烟火漫卷的人间呀。

　　如果用色调来描述的话，在我的记忆里，我的童年是淡淡的金色。我的村庄在淡金色的光晕里若隐若现，时而清晰，时而恍惚。大约因为是家里最小的孩子，父母对我格外偏爱一些。我上面有两个姐姐。照说，我的到来大约该是令人失望的吧。在当时的乡下，有很强的重男轻女的传统观念。我呢，也似乎知道自己的不受欢迎，小小年纪，便格外懂事。心思纯净柔软，心疼父母，体恤亲人。乡下吃饭多用一种矮饭桌，一家人围坐，也有蹲着的，因为坐物不够。很小的时候，我就知道把小板凳让给父母，自己蹲着。小小的人儿，还站不大稳当，歪歪斜斜勉力蹲着，常常就一屁股坐在地下了。那时候，母亲多病，家里有好饭食，也知道让给母亲。有一回，母亲狠心吃下半碗蛋羹，把另一半给我，我一面悄悄咽着口水，一面把碗推开。母亲默默流泪，恨道："多大

的孩子，怎么就叫我得了病。"如果说我的童年记忆里有些许阴影的话，大约便是母亲的病了。多少次，在外头玩累了，一路跑回家，进了院子，喊母亲，见她在炕上躺着，一颗小小的心便揪起来。我常常守在母亲身边，不大肯出去玩。也可能是从那时候开始，我变得细腻，多思，爱幻想，心头常常无端涌起淡淡的忧愁来。乡间寻常的日升月落，风吹草长，都令我久久流连，内心激荡。母亲对此很是担心，觉得我不似人家的小孩子活泼欢快。及至后来上学，也不大肯催逼我读书，反倒是常撵我出去玩耍，怕我累坏了脑子。我至今依然记得，有一回，我把被老师表扬的一篇作文读给她听，她靠在炕上，听得认真，微笑着，眼睛弯弯，嘴角弯弯，是欢喜的意思。那神情姿态，我总也忘不了，记了这么多年。

父亲爱酒。在我们乡下，男人大多好饮。街上见了，打招呼的话就是，哪天咱喝点呀。喝什么呢，当然是喝酒。这地方人性格豪爽刚正，有那么一点燕赵之地的慷慨悲歌之气。酒量好，酒风也好。大块吃肉，大碗喝酒。不醉倒便显不出情深义重，不醉倒便没有尽到待客的礼数。父亲喝酒是村里有名的。婚丧嫁娶，拜寿庆生，酒自然是少不得的。很小的时候，饭桌上，父亲拿筷子蘸了酒，往我嘴里抿一抿，我竟然咂咂有声，手舞足蹈。母亲嗔怪，父亲却朗声大笑。我想，父亲一生无子，大约是把我当作儿子来养了。我们乡下，女孩子是不上酒桌的。但我是例外。陪父亲喝酒，是我童年记忆里明亮而热烈的段落。姐姐们笑我，叫我假小子。长大后离家，在故乡和他乡之间往返奔波，山一程水一程，人生的风雨也曾经历，命运的烈酒也品尝过。与父亲对饮，似乎成了我们父女团聚的一个重要仪式。而今，父亲已经八十多岁高龄了，早已步入他的暮年，每次回乡，我依然会不顾医嘱和姐姐们阻拦，给他带酒。父亲微笑着，神情柔软。我不知道，当他看见酒，是否会想起很多往事，想起时光流逝，岁月忽已晚。

多年以后，当我提笔写作的时候，自然而然地，我写了我的村庄。记得芳村这个名字第一次出现，是在我的短篇小说《爱情到处流传》里。"那时候，我们住在乡下。父亲在离家几十里的镇上教书。母亲带着我们兄妹两个，住在村子的最东头。这个村子，叫做芳村。"当时正是北京的盛夏。我住在北师大附近的一栋老楼里，二层。窗外，树木繁茂，蝉在热烈地高声歌唱。我忘情地写着，几乎是一挥而就。我再也想不到，这篇不足万字的短篇小说将成为我的成名作，引领我从此走上写作之路。而小说里的芳村，这个随手写下的村庄的名字，将会成为一个重要的文学地理，成为我艺术想象的源泉，创作激情的策源地，日后陪我走过漫漫人生长路。在《爱情到处流传》中，我写了父母之间的乡村爱情，朴素温暖，而又惊心动魄。小说里的父亲，也是乡村知识分子。而母亲，风姿秀丽宅心仁厚。小说当然是虚构。然而，谁敢说，虚构的故事里没有现实人生投下的重重叠叠的光影呢。当熟悉的不熟悉的读者朋友们，怀着各自心事，关切地问候我的父亲母亲的时候，我知道，他们大约是把现实和虚构混淆了。我微笑不语，并不忍说破。我猜想，或许，他们问候的并不是我笔下的人物，而正是他们被命运风暴冲刷之下真实的自己。

在中篇小说《旧院》里，我开篇写道，"村子里的人都知道，旧院指的是我姥姥家的大院子"。这是真的。我姥姥家的院子，就

君自

在我家后面的过道里，我们叫做旧院。谁的童年经验里没有"姥姥家"的记忆呢？姥姥家，或者外婆家，象征着温暖，亲情，爱，人生之初一切美好的事物，慈爱，包容，笑声，怀抱，食物的香气，热气腾腾，而又明亮迷人。在《旧院》里，以及在《笑忘书》《锦绣年代》里，我记下了旧院里的人和事，一个家族的繁华盛世，以及在时间流逝中，她的无可挽回的风流云散。原本是想着写旧院系列的，后来却不了了之了。至今想来，犹觉遗憾。而今，随着去年百岁姥姥的离世，以及《旧院》中的重要人物舅舅的随之远行，日渐沉寂冷清的旧院，早已不复昔年盛景了。今年国庆节回乡，我满怀踌躇，竟不忍去旧院看一眼，我不是怕踏进旧院的门槛，而是怕那种独立清秋、茫然四顾的今昔之感。值得安慰的是，我终究是写下了《旧院》，我终究是用文字留住了生命中那些值得珍重爱惜的情感和记忆。

在长篇小说《陌上》中，第一次，我有了为我的村庄立传的念头，或者你叫做野心也好。多少次，我在村子里转来转去，看望每一棵庄稼每一棵野草，触摸每一滴露珠每一声鸟鸣。我踏着月光星光，走遍村庄的每一个角落。多么神奇呀。当年，我怀着如此强烈的念头，一心要离开村庄，离开故乡，到城里去。而今，我这个故乡的逆子，在异地他乡，在别人的城市，走了那么多的弯路，吃了那么多的苦头，终于还是回来了，并且，我要用手里的笔，写出村庄的此时此刻。我的芳村，有多么偏僻就有多么繁华，有多么狭窄就有多么辽阔，有多么遥远就有多么切近，有多少虚构就有多少真实。我几乎是挨家挨户写起，以散点透视的笔法，写村庄里的鸡鸣狗吠，生老病死，时代激流深处，人的心灵

故乡来

变迁和精神安顿。我试图写出一个村庄的隐秘心事，写出乡土中国在历史洪流中的波光云影，继而写出一个时代的山河巨变。

后来，我写了长篇《他乡》。小说中，我以从芳村走出的女性翟小梨为主角，写她从乡村到城市、从故乡到他乡，一路走来，她的生命经验与精神成长，城市与乡村、个人与时代之间千丝万缕的复杂关系。梦里不知身是客，直把他乡作故乡。这是《他乡》封面上的一句话，颇堪玩味。《陌上》里有一句话，是不是，回不去的，才是故乡。翟小梨其实是《陌上》最后一章里一个人物，众多人物故事中一掠而过。在《他乡》中，我让她做了主角。从芳村出走的一代知识女性，在他乡、在城市，在肉身安顿和精神流徙之间，艰难地与生活达成和解，最终获得内心安宁。这些年，我一直在面对由《他乡》引出的问题，比如说，我是不是翟小梨？谁是翟小梨？我想说的是，亲爱的读者朋友，我是不是翟小梨或许并不重要。重要的是，假如你在翟小梨身上照见了自己诚实的内心，就是对我，对一个作家最大的安慰。

《野望》是我最新的一部长篇。还是那个村庄，还是那芳村里那些人，翠台，素台，喜针，小鸾，根来，大坡，小别扭媳妇，臭菊……她们在芳村走来走去，哭了，笑了，恼了，爱了，家务事、儿女情缠绕，家事、国事、天下事交织。我以传统的二十四节气统摄全篇，每一个节气为一章，全书共二十四章。四时流转，季节轮回，时代正在发生着巨变，而这片土地以及这片土地上的人们，他们平凡普通的日常绵长温暖，他们创造的生产生活实践生生不息。《野望》里的那些人物的名字，其实就是我的乡亲们的名字，我信手拈来，觉得亲切有味。他们那些带着泥土露珠的语

　　　　　　　　　　　　　　　　　　君自

言，那些血肉饱满的生活细节，那些乡下人的幽默风趣，那些小动作小表情小心思，意味无穷，不足为外人道，几乎原封不动被我抄录下来。读者惊叹，在城市这么多年，竟然对乡村如此熟悉。其实，从某种意义上，我不过是生活的记录员罢了。生活就是人民，人民就是生活。《野望》的写作，令我更加深切地体味到，生活是创作的活水源头。只有深入到火热的时代生活现场，潜入生活激流深处，才有可能触摸到时代精神的秘密。在《人民日报》海外版发表的一篇创作谈《痛饮生活的泉水》里，我写道，在《野望》的写作中，我是忘我的，忘记了我的作家身份，忘记了那个自以为是、肤浅幼稚的"小我"，满心满眼，纸上笔端，都是沸腾的乡村大地，是明月星辰下沸腾的人群，是生生不息的生活长河里的浪花飞溅。我得承认，是那片土地以及那片土地上的平凡而伟大的人民洗涤我、修正我、塑造我、成就我。写《野望》，我是信笔直书。我大口痛饮着生活的泉水，第一次品尝到别样的新鲜的滋味——自然的，朴素的，真实的，繁华落尽，如同广袤丰厚的秋天的大地。

这么多年了，我一直在书写我的芳村。我笔下的人物，都跟芳村有着千丝万缕的关联，或者生活在芳村，或者离开芳村到城市去，更有甚者，是离开之后重新返回，是芳村的返乡者。芳村，已经成为我的文学创作的一个重要地标。从这个意义上，我与芳村之间的关系其实是相互的，书写与被书写，虚构与被虚构，阐释与被阐释，塑造与被塑造。《陌上》《他乡》《野望》被评论界称为"芳村三部曲"，也早有研究者关注我的"芳村叙事"。常有朋友玩笑，什么时候到你们芳村去看看？是啊。我们芳村，我亲爱

故乡来　　　　　　　　　　　　　　　　　　　　　263

的芳村。离家这么多年，对我这个故乡的逆子，我亲爱的芳村一直在无私地包容、给予、馈赠、成全。我不过是故乡大地上一棵平凡卑微的小草，是那片土地以及深扎其中的根系，令我有了枝繁叶茂、开花结果的可能。

我曾经在《学习时报》上发表过一篇长文，是报纸命题，《我为什么如此执着地书写中国乡村》。想来，多年来对中国乡村的持续关注和书写，对芳村文学世界的不断建构，令我的创作与乡村大地、乡土中国生成了不可分割的血肉联系。我从那片土地上走出来，正是那片土地以及那片土地上的一切，一砖一瓦，一草一木，一句方言，一个乳名，一滴汗水，一声咳嗽，哺育我、滋养我、教化我、启迪我。我的故乡大地，是我的来处，亦是我的归处。是我的精神家园，是我灵魂的栖居之所，也是我流浪远方多年、顿挫跌宕而不致迷路的秘密。我必须承认，我是幸运的。作为写作者，我得以跨越万水千山，隔着重重光阴，沿着文字的小径，一遍又一遍重回故乡，重回我的村庄，与我的亲人们重逢，谈笑，相拥而泣。我当然是幸运的。通过写作，我有机会记录下故乡大地上经历的种种，沧海与桑田，悲欢与聚散。时代列车轰然驶过，我愿意在尘埃尚未落定的时候，细心捕捉那些奋力奔跑的身影。当现实人生千差万错来不及修改，当时光如逝水岁月之矢呼啸而过，当万言万语不知从何说起，还好有写作，幸亏有写作。感恩生活，感恩故土大地。我以写作向我亲爱的芳村致敬。